Winfried Rathke • Sex and Crime bei den alten Griechen

Winfried Rathke

Sex and Crime bei den alten Griechen

Antike Sagen gründlich entkernt –
und mit medizynischen Transplantaten
erstaunlich unsachgemäß restauriert

Mit Illustrationen von Kevin Farrell

FOUQUÉ LITERATURVERLAG
Egelsbach • Frankfurt a.M. • München • New York

Die Deutsche Bibliothek – CIP-Einheitsaufnahme
Ein Titeldatensatz für diese Publikation ist bei der Deutschen Bibliothek erhältlich.

Autor und Verlag unterstützen das Albert-Schweitzer-Kinderdorf in Hessen e.V., das verlassenen Kindern und Jugendlichen ein Zuhause gibt. Wenn Sie sich als Leser an dieser Förderung beteiligen möchten, überweisen Sie bitte einen – auch gern geringen – Betrag an die Sparkasse Hanau, Kto. 19380, BLZ 506 500 23, mit dem Stichwort »Literatur verbindet«, Autor und Verlag danken Ihnen dafür!

Medien- und Verlagsgruppe Dr. Hänsel-Hohenhausen AG
Egelsbach • Frankfurt/M. • München • New York
Boschring 21-23 • D-63329 Egelsbach bei Frankfurt/M.
Fax 06103-44944 • Tel. 06103-44940

ISBN 3-8267-4745-3
2001

Satz und Lektorat: Joachim Axler
Illustrationen: Kevin Farrell

Printed in Germany

Inhalt

Prolog

Verehrter Leser, zu Beginn,
ad zwei – Geneigte Leserin!

Erbaulich sind ganz ohne Fragen
vom Altertum klassische Sagen,
die weiland Lehrer einst erzählten,
wodurch sie uns – die Kinder – quälten.

Denn diesen wirren Klatsch und Tratsch
verstanden wir – mit Recht – als Quatsch.
Die Sagen war'n uns piepegal.
Wir stellten sie in das Regal,
da sie – ich sage es vertraulich –
zu blöde und zu unverdaulich.
Sie blieben also unbedenklich
ungelesen – lebenslänglich.

Doch kürzlich grub ich, mit Verlaub,
den Stoff heraus, aus seinem Staub,
verjagte draus die Brut der Motten
und Stellen, die zu lasch gesotten.

Nun hoff' ich, sind die Sagen plötzlich
aufgebügelt und ergötzlich,
auch schrieb sie etwas böser ich,
vermutlich dadurch leserlich.

Den Mont-Parnaß, nach solch Entweihung,
bittet der Autor um Verzeihung.
Er schrieb sich häufig bis in Trance.
Honi soit qui mal y pense!

Ganymed

Steigt man bei Griechen in die Mythen,
um dort zu pflücken Stil und Blüten
dann klebt man fest an jenem Leim
aus Aberwitz und Sex and Crime.

Da haut es krachend uns vom Stuhl,
wenn man erfährt, auch Zeus war – schwul.

Obgleich – er war in jener Ära
verheiratet mit Traumfrau Hera,
die standesamtlich seine Braut,
desgleichen kirchlich angetraut.

So war Herr Zeus hoch offiziell
rein hetero und sexuell,
doch keineswegs nur monogam,
wenn es ihn manchmal überkam.

Er teilte nämlich gern die Brötchen
mit einer Menge andrer Mädchen,
die er begehrte gar nicht minder. –
Was dabei rauskam? Dauernd Kinder!

Bis dahin liest sich das banal
und widerspricht nicht der Moral.
Denn Zeus dachte wie jeder Scheich:
Seid fruchtbar, und dann mehret Euch.

Doch offenbar war sein Bedarf
an Perversionen – mehr als scharf.

Zum Beispiel hörte ich (sein Tadler),
er glitt vom Himmel einst – als Adler
und riß den Jüngling Ganymed,
der fesch und hübsch war, aus dem Bett,

hob ihn empor mit zarten Klauen,
obgleich dort unten kreischten Frauen,
und flog ihn so, gewandt und kühn
auf den Olymp – und liebte ihn!!

Frau Hera merkte im Gemach
nie, wenn den Zeus der Hafer stach.
Sie stand inmitten der Gerüche
von Hammelbraten in der Küche,
tat tief sich übers Herdloch beugen,
um Eierspätzle zu erzeugen,
bekleidet nur mit Minirock.
(Sie kannte ihren geilen Bock!)

So hat sie aufreizend bekleidet
dem Hausherrn Pesto zubereitet,
indem sie Pinienkerne quetschte
und heftig auch im Catchup catchte.

Sie wußte ja, vom Hörensagen,
daß Liebe wandert durch den Magen,
und Zeus fraß viel, zu ihrem Glück,
und zahlte es mit Lust zurück.

Doch heute kam es um halb acht
ganz anders, als die Hera dacht.
Die Tür flog auf, der Zeus kam rein –
mit Ganymed – das war gemein.

Er hielt des Jünglings zarte Händchen
und tätschelte auch dessen Lendchen.
Er tastete, man konnt' es sehen,
an Schenkeln und – an den Glutäen,
und schwärmte ihr von Knabenliebe. –
Frau Hera blickte ernst – und trübe.

Dann griff sie – nach der Suppenkelle
und schlug dem Zeus beherzt 'ne Delle

in die Kalotte, und zwar tief,
daß Ganymed nach Hause lief,
und Zeus, der fürchterlich verbeulte,
am Küchenboden saß und heulte.

Schon tags darauf – wie ideal! –
schlief Zeus mit Hera, ganz normal.
Ein Loch im Kopf oft dazu führt,
daß auch das Triebleben saniert.

Der Zeus flog nie mehr fort als Adler,
blieb Fußgänger und höchstens Radler.

Die schöne Helena

Was gab es doch früher für'n Bumsfalera
nur um die Schönheit – der Helena.
Ihr Vater war Zeus, der Chef aller Götter.
Zu Leda, die ledig, kroch mal ins Bett er,

verkleidet als Schwan, die Schwimmflossen ledern,
statt Schamhaar trug er recht flaumige Federn,
und ehe die Leda sich richtig besann,
war sie befruchtet von diesem Schwan.

Dem Zeus hätt' sie nie ihre Unschuld gegeben,
doch ein Schwan ist etwas Besonderes – eben.
Der Liebestraum war kein nennenswert langer.
Als der Schwan wieder Zeus – war Leda schon schwanger.

Ein kurzer One-Night-Stand, äußerst vergnügt,
hatte dem Götterboß dafür genügt.
Der Zeus lag im Bad, sang schmutzige Lieder,
die Leda im Kreißsaal. – Dort kam sie auch nieder.

Die Preßwehen preßten – da plötzlich ein Schrei,
kein Kind kam zur Welt, es war nur – ein Ei!
Die Geburtshelfer liefen erschüttert Amok,
der Gynäkologe kriegte den Schock.

Nur die Hebamme in dem Kreiskrankenhaus
hob ihren Rock, dann zog sie ihn aus,
entstieg den Dessous, den wollen-gestrickten,
obgleich die Schwestern sehr merkwürdig blickten.

Dann setzte sie sich mit dem Hintern aufs Ei
und brütete es bis nachts um halb drei,
wonach sie aufsprang, vor Freude wild hüpfte,
weil aus diesem Ei ein Töchterlein schlüpfte.

Die schöne Helena, somit geboren,
war noch ganz feucht, auch hinter den Ohren.
Ihre Plattfüßchen sahen der Leda sehr ähnlich,
der Schnabel des Kindes wirkte mehr schwänlich.

Für Leda war nunmehr alles in Butter,
sie wurde alleinerziehende Mutter,
gab ihr erst die Brust, und zwar durch die Lasche,
dann soff die Helena flott aus der Flasche.

Die Tochter wurd groß und sehr attraktiv,
manch Jüngling balzend hinter ihr lief,
obgleich sie zunächst noch stark pubertierte
und sich nur für Kaulquappen interessierte.

Doch das ging vorbei, man war ganz perplex,
sie stand jetzt auf heißem und knallhartem Sex.
Die Freier war'n zahlreich, es gab fast ein Chaos.
Sie nahm sich den reichsten, den Menelaos.

Der schlürfte sehr gerne ein kühles Paulaner
und war ethnologisch gesehen Spartaner.
Zunächst lief sie gut, die Ehe, fünf Jahre.
Menelaos ging brav an ihrer Kandare.

Sie spielte Tennis und ging öfters bridgen,
he worked at home, cleaning the kitchen.
Er schrubbte die Klos in seinen Gefilden,
sie ging ins Studio, den Body zu builden.

Er sammelte Platten vom hornigen Gildo,
sie kaufte beim Aldi sich selbst einen Dildo,
weil Menelaos nicht ganz ihr genügte
und manchmal beim Vorspiel Drehschwindel kriegte.

Auf einmal – kam Paris, ein Jüngling aus Troja,
der schönste der sterblichen Männer. O ja!

Sein Schenkel war knackig, der Lendenschurz locker.
Helena riß es verliebt gleich vom Hocker,
vollführte vor ihm einen schwungvollen Striptease,
wobei ihr ein Wind kokett durch den Slip blies.
Da sagte der Paris: „He, Tussi, trab-trab,
komm mit mir nach Troja, wir zwei hauen ab."

Menelaos lag schnarchend grad auf dem Sofa.
Die Liebenden schwangen sich flugs auf ein Mofa
und rasten mit sichtlich begeisterter Miene
zum Airport von Sparta, zur nächsten Maschine,

hatten auch Glück, zwei Plätze war'n frei,
und noch sehr preiswert, alles „stand-by",
und hoben gleich ab mit Olympic Airways.
Menelaos – der Trottel – erwachte – war sehr bös.

Er rannte durchnäßt vom Strom seiner Träne
zu Agamemnon ins düstre Mykene.
Der sammelte gleich seine tapfersten Recken.
Selbst jene, die beischliefen, tat er grob wecken.

Odysseus, Patroklos, Papandreou, Achill,
sie alle bezeugten jubelnd Goodwill.
Man schiffte sich gröhlend nach Troja ein,
und haute dort alles, erst kurz und dann klein.

Homer hat die Story ausführlich berichtet,
als er seine Ilias der Menschheit gedichtet.
Generationen von Schülern auf unsern Gymnasien
wurden gequält mit dem Kram aus Kleinasien.

Als der Trojanische Krieg dann zu Ende,
der ziemlich blutig und wirklich horrende,
ging Menelaos zu Paris ins Haus
und holte die keifende Helena raus.

Er hat ihr, von Zorn und von Rache beflügelt,
mit einem Rohrstock den Hintern verprügelt.

Nachdem sie dann schluchzend zu Boden gesunken,
hat er sich in einer Kneipe betrunken.

Die Griechen reisten, was alle erfreute,
nun in die Heimat mit stattlicher Beute.
Auch Menelaos kehrte voll Glück
mit Helena auf sein Jagdschloß zurück.

Doch es war nicht, wie einst in früheren Zeiten
vorbei – war's mit Liebe und Zärtlichkeiten.
Zwanzig Jahre war'n nämlich vergangen,
schlaff war'n die Glieder, hohl auch die Wangen.

Menelaos fiel dauernd Kalk aus den Hosen,
Helena mußte zum Arzt mit Neurosen.
Er saß verblödet und grinsend zu Hause,
sie kriegte Fettsucht – und Menopause.

Amor und Psyche

Als die Frau Venus noch Lustspiele übte
und sich ganz wahllos in Männer verliebte,
stieg sie in ihren Pfühl – mit Herrn Mars,
der sie zur Mutter machte – das war's!

Der Embryo Amor lag unbelästigt
an seiner Nabelschnur sicher befestigt.
Die Venus spürte ihn täglich mehr wachsen
und irrsinnig strampeln im Bauch mit den Haxen.

Sie brachte zur Welt diesen munteren Knaben,
dem sie verlieh recht seltsame Gaben:
Erstens konnt' er über Flügel verfügen
und damit in andrer Leut' Schlafzimmer fliegen.

Zweitens schoß er mit Pfeil und mit Bogen,
was ihn zu manchem Blattschuß bewogen.
Amor war fortan der Liebe zunütze
und galt unter Göttern als sicherster Schütze.

Wenn sein Geschoß, oft mitten im Schlaf,
eine keusche Maid in den Herzbeutel traf,
war sie entflammt mit Haut und mit Haaren
und wollte sich flugs mit Jünglingen paaren.

Traf dieser Amor mit dem Zielfernrohr dann
die Herzkranzgefäße, von einem Mann
spürte der's dumpf in der Reizleitung knistern,
verlor den Verstand und balzte gleich lüstern.
Dann gab es nicht Halt, noch Hemmungen mehr,
es funkte bei beiden – und kam zum Verkehr.

Und überall, wo der Amor rumorte
und einsame Herzen mit Pfeilen durchbohrte,
wurden nun – zwischen Hellas und Tanger –
die Männer ganz weibstoll, Gebärmütter schwanger.

Manchmal schoß Amor heimtückisch cool
zweimal auf Männer – die wurden dann schwul.
Traf er zwei Damen, in Taillen wie Wespen,
waren die plötzlich verwandelt in Lesben.

Flog jener Pfeil – was heftig ich rüge –
teils in einen Herrn – teils in eine Ziege,
trieben die beiden von spät bis zur Früh
Veitstanz auf Weiden – und Sodomie.

Amor, der Spitzbube, schoß dauernd Treffer,
Pfeile schwirrten durch sämtliche Käffer.

Ein andres Kapitel berichtet von Psyche,
die aufreizend hübsch, doch belastet durch Flüche.
Denn weil sie so hinreißend schön war (wie dumm!) –
drehte kein Mann sich nach Venus mehr um.

Alle verfolgten nur staunend die Psyche,
obgleich grad die Venus verströmte Gerüche,
die sich mit Reizgasen stets parfümierte,
selbst edle Organe mit Intimspray traktierte.

Venus, verärgert, schlug heftigen Krach,
rief Söhnchen Amor zu sich ins Gemach,
und bat, er solle auf Psyche mal schießen
und einen Blödmann für sie aufspießen.

Amor fand Psyche weinend und schwitzend
auf einem einsamen Berggipfel sitzend,
in einem hautengen, sehr knappen Kleid,
das durchsichtig war. Das tat Amor leid.

Er schoß ihr drum nicht den Pfeil durch die Brust,
sondern verfiel ihr in göttlicher Lust.
Husch – trug er sie mittels Wind in die Lüfte,
Wolken umflatterten Busen und Hüfte.

Dann kam die Landung, nach heftigen Böen
in einem Palaste, bewohnt nur von Feen.
Hier wurd' die Psyche, die bisher veräppelt,
festlich bewirtet und sorgsam gepäppelt.

Kalbsmedaillons in Rahmsoße aß sie,
die Bosheit der Venus dabei ganz vergaß sie.
Kaum hatte sie ihren Pudding verdrückt,
wollte dann ruhen, weil die Nacht angerückt,

schwupp – war ein Schlafgemach für sie bereitet.
Vor Müdigkeit seufzend hat sie sich entkleidet,
die Bäckchen – die von Zellulitis gepeinigt –
mit Bodylotion gecremt und gereinigt,
hüpfte ins Bett, das voll Daunen von Hennen,
rollte sich ein – und wollte schon pennen.

Plötzlich spürte sie – starr voller Schrecken –
einen fremden Körper sich neben ihr recken,
und deutlich fühlte sie an ihrer Lende
ein männliches Knie und zwei tastende Hände.

Es war unser Amor, man kann es kaum raffen,
der machte sich da an der Psyche zu schaffen.
Er flüsterte zärtlich: „Bleib ruhig liegen,
die Angst geht schnell weg, dann kommt das Vergnügen."

Und wirklich, was Amor sprach – flupp –, war es wahr,
die Psyche kochte und wurde schnell gar.
Doch mitten im Liebesspiel tat Amor flehen:
„Ich mag Dich zwar sehr, doch Du darfst mich nicht sehen!
Siehst Du mich trotzdem und nackt, liebste Maus,
haue ich ab, dann ist's mit uns aus!"

Kurz vor dem Morgengraun war er verschwunden,
die arme Psyche delirierte noch Stunden,
vertrieb sich die Zeit im Palaste indessen
mit Maniküre, Cocktails – und Fressen.

Zu gerne hätte die Maid mal gewußt,
wen sie umgarnte in nächtlicher Lust.

Die nächste Nacht nahte – kaum Sternengefunkel,
im Schlafgemach war es anheimelnd dunkel.
Psyche wartete freudig-beklommen
auf Amor, der zu ihr geflattert gekommen.
Zack – war er da und glühte vor Feuer,
auch Psyche entflammte ganz ungeheuer.

Noch lange danach lag sie völlig benommen,
der Amor war auf französisch entkommen.
Da dachte die Psyche nach all dem Geschehen,
jetzt will ich den Lustmolch doch wirklich mal sehen.

Die dritte Nacht kam, Gott Amor flog ein,
sie spürte den Zugriff an Bauch und an Bein.
Kaum waren beendet die üblichen Spiele,
erloschen der Sturm und Drang der Gefühle,
Amor lag schnarchend in tiefster Narkose.
Da packte die Psyche – eine Psychose.

Das Öllämpchen, das sie im Nachtkasterl findet
hat sie zwecks Betrachtung des Amor entzündet.
Das Licht flackert hell, vertreibt alle Schatten,
sie starrt wie gebannt auf den schlummernden Gatten.

Gott, war der süß – so prachtvoll gestaltet,
die Flügel so nett auf dem Rücken gefaltet,
sein Bauch wie ein Waschbrett, der Po richtig zart,
sein Atem so röchelnd, die Brust so behaart! –
der Nabel gepierct, Gesichtsausdruck gütlich,
die Waden voll Krampfadern – ach, war der niedlich!

Und als sie dann seinen Schweißfuß gewittert
und voller Erregung mit dem Öllämpchen zittert,
flutscht etwas Öl, das wallet und siedet,
auf Amors Harnrohr, das schlaff und ermüdet.

Amor wird wach, schreit wie ein Berserker,
springt im Palast – aus dem Fenster vom Erker,
flattert davon, ward nicht mehr gesehen. –
Psyche lag da, mit Weinkrampf und Wehen.

Inzwischen dacht' Venus: „Drinnen nie steckste,
anstatt daß der Amor die Psyche verhexte,
nahm dieser Lausbub, genarrt von Gefühlen
die elende Schlampe – sich selbst zur Gespielin!"

Schon kreuzte sie auf und verlangte zur Strafe
für all jene Wollust mit Amor im Schlafe
sollt' sie aus dem Hades – streng wurd's befohlen –
Persephones Schminkköfferchen holen.

Denn Venus erhoffte, da salbend gern tätig,
erotisierende Cremes für die Kosme-Tic.
„Nun gut", dachte Psyche, enttäuscht und noch schlapp,
„ich steige postwendend zum Hades hinab."

Sie drang in Persephones höllische Wohnung,
durchwühlte dort alles, vermied jede Schonung.
Tatsächlich fand die von Venus verfluchte –
im Krimskrams auf Anhieb das peinlich Gesuchte.

Sie schob nun den Koffer, auf der Unterwelts-Strecke
und beim Waten im Styx sich unter die Röcke.
Den Cerberus, der sonst so wütend dort brüllt,
hat Psyche mit Wiener Würstchen gestillt.

Schon stieg sie hinauf in gewohnte Gefilde,
war dann – durch den Luftwechsel – nicht mehr im Bilde,
öffnete taumelnd, mit fahrigen Pfoten
den Schminkkoffer, was doch die Venus verboten!!

Doch in dieses Koffers Döschen und Falten
war'n gar keine Schönheitssälbchen enthalten.

Der einzige Inhalt von Tuben und Büchs –
war ein – totenähnlicher Schlaf – und sonst nix!
der jetzt die Psyche rasch übermannte,
so daß sie zu keinerlei Schritt mehr imstande.

Doch nahm die Story ein glückliches Ende.
Bei Amor verheilte das Glied, das verbrennte.
Er scheuchte den Schlaf mit Flügeln zum Glück
in den Kosmetikkoffer zurück.
Dann küßte er Psyche, die wurd' langsam wach,
und hing ihm im Arm, noch gähnend und schwach.

Er nahm sie zur Frau, öffentlich-rechtlich,
liebte sie täglich und nicht mehr nur nächtlich.
Psyche empfing nun göttlichen Segen,
sie sah bald Mutterfreuden entgegen.

Und mit der Geburt sich glücklich entpuppt das
reizende Töchterlein namens „Voluptas".
Der „Goldene Esel" auf Heu und auf Stroh
brüllte begeistert: „Hämorrhoidooh!"

Mamma Psyche vertrieb die Psychosen,
dank Apuleius' Metamorphosen.
Doch Tochter Voluptas, an der Du Dich labst,
hat alle verzaubert – außer den Papst.

Anmerkung:
Die Geschichte von Amor und Psyche stammt aus
„Der Goldene Esel" und aus den „Metamorphosen" des Apuleius.

Amphitryon und Alkmene

Die alten Griechen, nebst Verwandten,
die unser Fernsehn noch nicht kannten,
erzählten sich, statt dumpf zu brüten,
vor Tempeln abends ihre Mythen.

Sie grausten sich ob der Tragödien
und kicherten bei den Komödien.
Amphitryon und Weib Alkmenen
war eines ihrer Lieblingsthemen.

Die Story, sexy und possierlich,
schrieb Plautus, und zwar ganz ausführlich.
Molière, verscharrt im Père Lachaise,
schuf draus 'ne Comédie Française,
und Kleist, der davon sehr begeistert,
hat auch etwas hinzu gekleistert.

Amphitryon, ein Feldmarschall,
liebte den Krieg und den Krawall.
Sein Lebenswandel war sehr kraus,
und er war selten nur zu Haus.

Sein Weib, gebürtige Alkmene,
war jung, und eine wunderschöne.
Gewählt war sie, nach kurzem Streben
in ihrer Heimat – zur „Miß Theben“
und hatte sofort Angebote
als Model für die Bademode.

Selbst aus Athen per Telefon
rief an – die Playboy-Redaktion
und winkte, wie bei vielen Damen,
mit Drachmen für die Nacktaufnahmen.

Sie lehnte ab, nach Gold nicht süchtig,
und blieb daheim, fromm, keusch und züchtig.
Doch, wie gesagt, sie spürte Pein,
denn „Amphi" – ließ sie oft allein.

Ihr Hausarzt nun, vertrat die Meinung,
sie litte an Entzugserscheinung.

Drum ging sie, vorbeugend dem Kater
auch ohne Amphi ins Theater,
besuchte ganz allein die Thermen,
um sich die Gänsehaut zu wärmen,
war sittlich stets wohltemperiert
und trotzdem voll emanzipiert.

Nun gab es Kriegsgeschrei und Mord,
ihr Amphi war seit Wochen fort.
Er kämpfte wieder an der Front. –
Da – hat sie sich zu Haus gesonnt,
lag nahtlos braun auf dem Balkone,
barbusig, auch unten „ohne".
Kein Spanner konnte sie erspäh'n,
dank Brüstung war sie nicht zu sehn.

Nur Zeus – mit seinen scharfen Blicken
konnt' ihr beliebig näherrücken,
denn Götter kennen keine Störung –
dank präventiver Luftaufklärung.

Und Zeus sprach sofort: „Donnerwetter!
da liegt ja Speise wie für Götter!
Dies stramme Weib sollt' ich erhaschen
und langsam als Dessert vernaschen."

Er stieg, durch Wollust flink auf Trab,
vom Wolkenkuckucksheim herab,
denn seine Frau war ungefähr,
zur gleichen Stunde beim Friseur.

So hatte er grad nix zu tun.
Sein Stündchen schlug, es war High Noon.

Da Zeus sich mühelos – als Mann,
der sterblich scheint – verwandeln kann,
stand plötzlich er auf dem Balkon
verkleidet als Amphitryon.

Alkmene lag in voller Größe
vor ihm – in allerliebster Blöße.
„Beim Zeus", rief sie, als sie ihn sah,
„Mann – Amphi – bist Du wieder da?
Komm schnell – entferne Deine Sachen
und laß uns etwas Schönes machen!"

Sie lächelte zutiefst erfreut,
erwartungsfroh, empfangsbereit.
Amphitryon – wie stets zu Haus –
zog schnell die schwere Rüstung aus,
entledigte sich zum Liebkosen
des Bruchbands und der Unterhosen,
stand haarig vor ihr wie King-Kong,
warf auch den Helm von dem Balkon.

Alkmene war gleich: fit for fun
und Zeus warf ihren Motor an.
So gaben sie sich mit Gewinn
der Liebeslust voll Eifer hin.

Erst schien das Spielchen so wie immer,
die Balken bogen sich im Zimmer,
die Federbetten beim Verkehr
flogen mal hin, mal hoch, mal her.

Normalerweise gibt's Momente,
da ist die Libido zu Ende.
Alkmene war an diesem Punkt jetzt, leider.
Doch Zeus, der machte fleißig weiter.

Alkmene sagte sich da schlicht:
„Ihr Götter hört, hier stimmt was nicht!“
Sie plagten nicht geringe Schauer
bezüglich Ausmaß und der Dauer,
wohl wissend um Erfahrungswerte,
die ihr Amphitryon einst lehrte,
und hoffte nun ein wenig matt,
daß alles mal ein Ende hat.

Zehn Stunden waren sie nun stetig
sehr angeregt und rastlos tätig.
Das Resultat höchst unterschiedlich,
Zeus als Gott noch unermüdlich,
Alkmene schwand die Liebeskraft.
Ihr blieb die Sache rätselhaft.

Doch der Mythen-Leser weiß
Amphitryon – war nämlich – Zeus,
der mit Alkmene, die längst schmollte,
den Herakles erzeugen wollte.

Normale Kinder, wohlbedacht,
sind in Minuten schon gemacht.

Doch bis ein Heros recht gedeiht,
braucht selbst ein Gott gerüttelt Zeit.
Das kann – Sie mögen da erschauern –
schon ein paar volle Tage dauern.
Hier muß man wirklich länger walten
und darf nicht vorzeitig erkalten.

Und Zeus zog dafür, da voll List er,
alle möglichen Register:

Dem HELIOS, der meist ungestört
am Himmel Sonnenwagen fährt,
und wenn er durch den Äther dringt
das Tageslicht zum Strahlen bringt,

gab er Befehl, und zwar ganz klaren,
drei Tage lang – nicht – auszufahren,
so daß die Sonne schlicht und trüb
drei Tage in Garage blieb,
wodurch, weil Liebesnacht verlängert,
Alkemene gründlicher geschwängert.

Und damit nun kein Mensch erwacht,
und denkt: drei Tage – dauernd Nacht??
gab Zeus – dem HYPNOS, der beliebt,
weil er uns Schlaftabletten gibt,
die Order: Laß die Leute pennen,
damit sie ja nicht merken können,
daß ich Alkmenes Bett gehütet,
und sie drei Tage lang bebrütet.

So kam's nicht raus, wie exzessiv
der Zeus mit der Alkmene schlief.
Drei Tage – langsam nur vergeh'n –
Alkmene – konnt' kein' Mann mehr seh'n.

Der Zeus entschwand – nach Saus und Braus –
zur Götterdämmerung nach Haus,
Freund Helios fuhr gewohnte Touren.–
Auch Hypnos stellte nach – die Uhren.

Alkmene schnarchte augenblicklich,
zerrupft, geschwächt, erschöpft und glücklich.
Da – hörte man – nach Landsknechtssitte
von Ferne schwere Stiefelschritte!

Der richtige Amphitryon
trat ein, als schmucker Kriegsbaron,
und rief: „Alkmene, liebster Schatz,
komm rücke mal und mach mir Platz,
zu lang hab' ich im Feld gefastet,
und nicht ein einzig Weib betastet.

Jetzt tät ich mich gern an Dir reiben,
und die ersehnte Kurzweil treiben. –“

Befreite sich, vor Gier ganz wild,
von Stahlhelm, Koppelschloß und Schild,
von Suspensorium und Gewehr,
Fußlappen, Lendenschurz und Speer,
von Nahkampfspangen, die sein Faible,
stand – ganz entlaubt – mit blankem Säbel,
Schaum vorm Mund und Zungenbiß
stark erregt vor Thebens Miß.

Verzerrt war nun Alkmenes Fratze.
Sie schoß empor, von der Matratze,
schrie dann entnervt, und zwar total :
„Du Lieber Himmel! Nicht noch mal!!“

Und fauchte mit frustrierter Miene:
„Ich bin doch keine Dreschmaschine!“ –
Amphitryon tat’s Glied schnell senken.
Ihm gab der Vorfall sehr zu denken!

Aphrodite

Wer kennt nicht die griechische Mythologie
mit der uns die Lehrer einst quälten,
indem sie die Storys der Theogonie
mit sittlichem Ernst uns erzählten.

Besonders abstrus – da hörte ich zu,
worüber ich nunmehr berichte –
ist ein Kapitel aus „Who is who?",
Aphrodites Entstehungsgeschichte.

Ihr Ur-Großvater, ein wilder Gesell
und Triebmensch, noch reichlich idiotisch,
mit Vornamen Chaos, sein Anzug war Fell,
benahm sich auch ziemlich chaotisch.

Er zeugte – mit wem, das weiß keine Sau –,
wie der alte Hesiod uns erklärte,
eine Tochter – noch plump und wie Humus so grau,
das war Tante Gaia, die Erde.

Der Gaia entschlüpfte aus ihrem Schoß
nach Kraft-Akt mit einem Verrückten,
ein Sohn, der schreckliche Uranos,
den die Götter befremdet erblickten.

Der Uranos hatte nur eines im Kopf,
im Sommer, sowohl als im Winter:
Er machte mit jedem weiblichen Zopf
ohn' Unterlaß – immer nur Kinder.

Ein Sohn von ihm, ein seltsamer Wicht
hieß Kronos, der oft sich beschwerte,
denn den Vater Uranos mochte er nicht,
weil der – nur mit Weibern verkehrte.

Den Knaben beseelten Unlust und Grau'n.
Voll Ekel sann er nach Waffen,
als Uranos sich bei zahllosen Frau'n
am Unterleib machte zu schaffen.

Er trat in die Küche und griff sich im Schrank,
worin die Brotmesser steckten,
eine furchtbare Klinge, blitzend und blank,
vor der selbst Erynnien erschreckten.

Dann lief er zu Uranos, grimmig im Trab,
als der grad den Paarungstrieb stillte,
und schnitt ihm beherzt die Genußwurzel ab. –
Der Vater vor Schmerzen laut brüllte.

Und Kronos schmiß seines Vaters Glied,
das voller Erregung noch zuckte,
ins Meer hinaus, ganz weit und gen Süd.
Die beschlafene Dame dumm guckte.

Und siehe, des Uranos' Mannesorgan
tanzte nun in den Mittelmeerfluten,
von Schaum garniert, gepeitscht vom Orkan,
auf und ab, und ohne zu bluten.

Das Glied im Meerschaum schwoll knospend lang,
zu seltsam bizarrer Blüte.
Mein Pauker behauptete: Daraus – entsprang
die liebliche – Aphrodite.

Schon werde ich lahm, in Bein und Mark,
mich kitzelt der Rheumatismus.
Doch immer noch reizt mich seltsam stark
der Nektar des Humanismus.

Der Apoll vom Belvedere

Kommt Dir Apoll vom Belvedere
mitten im Vatikan in die Quere,
fällt Dir gleich auf der folgende Fakt:
a) ist er schadhaft und b) ist er nackt.

Und da er nackt ist, sieht Männern er ähnlich,
schön steht er da und relativ männlich.
Relativ deshalb, das sei nicht verhehlt,
weil ihm ein wichtiges Körperteil fehlt.

Irgendwann früher, niemand weiß wann denn
kam ihm das membrum virile abhanden,
ist nicht erigierbar weder noch schlapp,
wer ganz genau hinguckt, das Dingsbums ist ab!

Man fragt sich noch heute voller Entsetzen:
wobei tat Apoll sich grad dort so verletzen?
Brach er sich sein Glied, was Forscher gern wüßten,
in rasender Abfahrt, beim Skifahr'n auf Pisten?

Denn da sind beim Mann, wenn unglücklich stürzt er,
die Extremitäten verkrüppelt und kürzer,
weil – leider bildet der Ausbund von Phallus
nicht so wie der Knochen ausreichend Kallus.

Doch recherchiert man noch weiter sensibler
und grübelt der Mythologe penibler,
dann hält man's für möglich – nach heftigem Stutzen –
daß Göttergatten zu häufig benutzen

ihr Corpus delicti bis hin zum Erlahmen
im Umgang mit Musen und anderen Damen. –
So daß, wer nicht Maß hält, erlebt, wie verkümmert
die Manneszier hängt, wenn sie derart zertrümmert.

Das gab auch den Päpsten, die Weihwasser schwenken
abseits der Messe, ernsthaft zu denken.
Trotz Altertumsforschern, die eindringlich warnten,
den Schwachpunkt Apolls zu tarnen – sie tarnten!

Ein findiger Steinmetz, der gut operierte,
nahm sich ein Feigenblatt, und dann verzierte
er jenes betrübliche Manko und Übel
mit Hammer, Drillbohrer, Schraube und Dübel.

Nun fiel's nicht mehr auf, was Apoll atrophierte,
und weibliche Fans zu Wehmut einst rührte.
Er ist mit dem Blatt noch munter auf Trab,
und muß er mal müssen, nimmt er es ab.

Bei Ausstellungen ich nun den Eindruck gewann,
mal ist das Blatt ab, mal ist es dran.
Doch ändert das nichts an gestörten Funktionen.
Ich glaube, da hülfe nicht mal das Klonen.

Sexuell – der Apoll sich nicht mehr betätigt,
weil technisch nicht möglich – der Fall ist erledigt.

Anmerkung:
Der Torso wurde an bewußter Stelle für Jahrhunderte schamvoll mit einem marmornen Feigenblatt bedeckt, das aber neuerdings von der aufgeklärten Fachwelt wieder entfernt wurde. Das Feigenblatt existiert aber noch in gelehrten Köpfen. Denn abgebrochene Akren vertragen sich nicht mit „edler Einfalt und stiller Größe".

Ariadne

In grauer Vorzeit lebte in Knossos
ein schaurig behaarter wilder Kolossos,
ein grauenerregendes ekliges Tier,
aus einem Teil Mensch und neun Teilen Stier.

Das raste herum und machte viel Wind
in sämtlichen Gängen vom Labyrinth.
Dies Unwesen, Minotaurus mit Namen,
verschlang alle Menschen, egal wie sie kamen.

Am liebsten fraß es Athener Touristen,
die ahnungslos reisten an kretische Küsten.
Kaum war'n sie an Land und sonnten die Lenden
zwecks nahtloser Bräune an textilfreien Stränden
oder schlürften den Ouzo bis hin zu Exzessen,
kam Minotauros – und hat sie gefressen
und entwickelte seine ganz eigene Methode,
die wurde jahrzehntelang knossische Mode:

Er vertilgte sechs Jünglinge und dann sechs Mädchen
schmatzend, wie wir – zum Frühstück – die Brötchen.

In Athen, wo die Leute zu Neugierde neigen,
erschienen allmählich Vermißtenanzeigen.
Doch als nun die Detektive nichts fanden
und immer mehr Leute auf Kreta verschwanden,
seufzte Ägäus, der König gar sehr
(nach welchem benannt das Ägäische Meer),
und sprach zu Theseus, dem tapferen Sohn:
„Du kriegst tausend Drachmen als Finderlohn,
wenn Du mal nach Kreta fährst, um zu erkunden,
wohin uns're Landsleute alle verschwunden."

Der Theseus fuhr rüber, wie sattsam bekannt,
und ging in Iraklion furchtlos an Land,

hat sich einen Leihwagen erstmal gemietet,
und fuhr dann nach Knossos, wo das Untier gewütet.

Am Tor vom Palaste, genannt Labyrinth,
viel Schilderhäuschen mit Leibwächtern sind.
Einer erklärte dem Gast seine Rolle:
„Ich heiß' Arthur Evans und schieb' hier Kontrolle,
und außerdem mach' ich – so far and so long –
hier ganz neue Säulen aus schönem Beton.
Ihren Paß möcht' ich sehen, nur so zum Exempel,
und das Einreisevisum mit gültigem Stempel."

Der Theseus legt freundlich und Wisch für Wisch
die Dokumente dem Mann auf den Tisch,
darf gleich passieren, es geht ganz geschwind,
steht dann erstaunt im Palast-Labyrinth.

Dort wimmelt's von Gängen, kreuz und die quer,
schier unentwirrbar und labyrinthär,
und außerdem stinkt's an Böden und Wänden
nach Kuhstall, gewürzt von Stier-Exkrementen.

Plötzlich tritt eine reizende Maid
vor den Theseus hin, im schnittigen Kleid.
Es ist Ariadne, mit niedlichem Schmollmund,
die schenkt dem Theseus ein Knäuel mit Woll' und
sagt ihm: „Mein lieber Freund, sei nicht träg',
markiere Dir hiermit sofort deinen Weg,
sonst springt mein Herr Bruder Dir gleich ins Genick,
und Du schlägst ihn tot – und find'st nicht zurück."

Denn der Minotauros war von dem Luder
der abscheuerregende ältere Bruder.

Der Theseus band sich das Knäuel an die Waden,
und spulte so ab – jenen wollenen Faden.
Nach drei Kilometern um vielerlei Ecken
fand er den Minotaurus – mit Schrecken.

Der schlief auf 'ner Couch. Dem Theseus es graute,
weil der Unhold grad wieder Geiseln verdaute.

Doch Theseus war tollkühn, obgleich er allein,
er haute dem Vieh erst das Schädeldach ein,
und dann – welch ein Wahnsinn – es kommt noch viel besser
schnitt er ihm die Pulsadern auf – mit dem Messer.

Befreit war das Land, das so gräßlich bedroht,
als der Stiermensch erwachte – war er längst tot.
Jetzt mußte der Theseus aus verständlichen Gründen
hinaus und den Weg zum Leihwagen finden.

Er folgte drum rückwärts dem nützlichen Faden
und erreichte das Auto – ganz ohne Schaden,
gab Vollgas und sauste hinab an die Küste,
auch Ariadne kam mit, ihr bebten die Brüste.

Nun bat ihn Ariadne unter heftigem Fleh'n,
er möge sie mitnehmen bis nach Athen.
Am Strand lag sein Boot, sie sprangen hinein
und stachen in See, endlich allein.

Das Auto blieb stehen, den Dieben zur Beute,
und wenn's nicht geklaut ist, steht es noch heute.
Und wie sie nun reisten, mitunter kieloben,
begannen sie sich aus Jux zu verloben.
Ariadne meinte, sie fände zu schön
so ein Petting beim Segeln und Windstärke zehn.

Theseus entgegnet, ein richtiger Hafen
wäre stabiler zum Lieben und Schlafen.
Denn wenn das Boot schwankt, rutscht der Liebhaber fort
und spült trotz Erregung leicht über Bord.
Die kühnste Umarmung ist schön nur bedingt,
wenn einer dabei im Meerschaum versinkt.

So gingen sie beide in Naxos an Land
und sind dort in heftiger Liebe entbrannt.
Als Ariadne erwachte, am Morgen danach,
von Wollust gezeichnet, die Beine noch schwach,
war aber Theseus abgereist, und –
hat sie vergessen, der dämliche Hund.

Männer sind doch wahrhaftig wie Schweine
sie wollen von Damen immer das eine.
Und wenn sie es haben – wie üblich bei Schuften –,
dann ziehen sie Leine oder verduften.

Ariadne saß da und konnt' es kaum fassen,
sie war nicht mehr Jungfrau – und trotzdem verlassen.
Doch nahm sie beherzt ersatzweis' sodann
den Weingott Dionysos später zum Mann,
und mußte mit diesem viel Südweine trinken,
was häufig gemalt, auf schwülstigen Schinken.

Als sie auch dem Weingeist – zum Überdruß ward',
schob er sie – in eine Rakete – zum Start.
Das also tat der schlimme Filou
im Raumfahrtzentrum links von Kourou.

Es gab einen Knall nebst feurigem Schweif,
ich sah es neulich im Fernsehen live,
Ariadne saß in dem Ding – wie begossen,
man hatte sie – puff! – ins Weltall geschossen.

Und obendrein hat man den Namen gestutzt
und das „d" aus Ariadne heruntergeputzt.
Da kreist sie fern oben im himmlischen Frieden,
umschwärmt von scheppernden Space-Satelliten.

Und guck ich hinauf, wie ein alter Schamane,
dann winkt sie von oben, die arme ARIANE.
Ich hoffe, sie hat durch all die Malaisen
das Knäuel mit dem Faden – nicht unten vergessen.

Die Große Artemis der Epheser

Artemis, die ja die Göttin der Jagd,
ist mir ein Rätsel, gelinde gesagt.
Sie war Patronin von den Ephesern,
was wohlbekannt ist bei einigen Lesern.

Während wir heute bei unseren Frauen
südlich vom Hals auf Weichteile schauen,
die man entsprechend einordnen müßte
unter Aspekten wie etwa der Brüste,
welche spitz zulaufen, nicht abgeplattet,
und auch mit Warzen wohl ausgestattet,
hat nun die Artemis – welche Idylle –
Brüste in aufsehnerregender Fülle.

Brüste am Thorax und zahlreich am Bauch,
unter der Gürtellinie oft auch,
Brüste-Kaskaden, rechts und auch links,
(hinten am Rücken nicht – allerdings).

Vielbrüstigkeit scheint unökonomisch
und auch befremdlich, rein anatomisch,
denn man kriegt nie und nimmer vor Augen
ein Dutzend Kinder, die ständig dran saugen.

Selbst ein Masseur sich gewöhnen dran müßte.
Bei der Bauchfell-Massage bremsen die Brüste,
und man benötigt (was wenig bekannter)
zehn, zwölf BHs – und untereinander.

Am FKK-Strand, wo Augen sich weiden,
zeigt man noch Busen mit wirklichen Freuden,
und ganz besonders Exhibitionisten
stell'n sich dem Pinsel der Surrealisten.

Doch bei der Artemis kamen oft Zweifel,
man fragte sich: „Was – soll das da, zum Teufel?"

Jeder, der auf solch Apartheit starrte,
erkannte Artemis alias – Miß Arte.

Was bis vor kurzem amtlich bestätigt,
gilt heute als falsch und hat sich erledigt.
Unlängst erfuhr ich bei Ferien an Küste,
die zahllosen Busen wären nicht Brüste!

Man hätte der Artemis (was heut verboten)
am Hals aufgehängt – Ghirlanden mit Hoden,
die man den Stieren, als Dank für die Ernte,
mit einer Schere hastig entfernte.

Glatt sind die Hoden, was kaum zu verhehlen,
weil, wie man einsieht – die Brustwarzen fehlen.
Grau ist die Farbe der Theorie.
Artemis litt nicht an Polymastie!

Die Göttin mochte vor Freude oft juchzen,
die Stiere hingegen hörte man schluchzen!
Sie stöhnten schon morgens, gleich nach dem Wecken:
Wie sollen wir unsere Gattinnen decken ?

Und hielt man auf Weiden – Umschau genauer,
die Kühe dort trugen tatsächlich Trauer!

Der Augias-Stall

Der König Augias, senil und ein Trottel,
lag auf der Couch, in der Hand eine bottle,
und naschte nicht Hafer, wie draußen sein Zier-Roß,
sondern viel Calamares und Gyros.
Dazu in Hülle und Fülle Souvlaki,
hinuntergespült mit Ouzo und Raki.

Und wenn die Verdauung bei ihm war beendet
hat er sich niemals zum Abtritt gewendet,
er hat sich entsorgt, den Göttern zum Hohn
öffentlich sichtbar, direkt vor dem Thron.

Sein Hofstaat fand solches anfangs zum Lachen,
wenn sich sein Darm entleerte mit Krachen.
Und Butler, Zeugmeister, Kämmerer, Zofen
krümmten sich kichernd hinter dem Ofen.

Doch als das Gemäuer von dem Palaste
die Exkremente des Königs kaum faßte,
weil er im Laufe von etlichen Jahren
völlig versteift auf das gleiche Verfahren,
und nun sein Stuhlgang – das ist nicht gefabelt –
stellenweis' – bis an die Decke gestapelt,
und alle Lakaien im Unflat versanken,
selbst Postboten klagend im Kotbrei ertranken,
im ganzen Lande schon Panik begann
wegen Lawinengefahr! – Nun, ja dann,

floh auch der König auf eine Leiter
und jeder wußte: So geht es nicht weiter.
Es heulten Sirenen, man brachte vom Acker
Spitzhacken, Schaufeln, Kräne und Bagger.
Untertanen mit schwitzenden Leibern
begannen die Propyläen zu säubern.

Doch bald entstand da ein dumpfes Gefühl,
der stinkenden Halden seien's zu viel,
des Königs Sperrmüll – zu lang deponiert,
und mittlerweile fast petrifiziert.

Und menschlicher Wille, man sah's mit Entsetzen,
konnt den Fäkalien-Berg niemals versetzen.
Der König, nun sichtlich und peinlich berührt,
hat darauf dem Herakles telegraphiert:

„Komm alter Freund, schnell, eile und lauf',
und räum' meinen Saustall bitte hier auf.
Wenn's Dir gelingt, meine Wohnung zu misten,
schenk' ich Dir Gold, und zwar ein paar Kisten.
Wenn Du uns rettest, bekommst Du von mir
ein paar Fäßchen Dortmunder Bier."

Der Herakles nahte und ahnte gleich Böses
in dem Palaste von seinem Präses.
Er sah sich kurz um und stammelte leise:
„Allmächtiger Zeus, betracht Dir die ... Sache!"

Er wußte, obgleich es ziemlich sarkastisch,
es gab nur ein Hilfsmittel, und das war drastisch:
Er riß den Palast auf – die Mauer im Osten –
mit Hilfe der davor kauernden Posten.

Einen weiteren Spalt, der für das Entpesten,
brach er in die Wände, diesmal von Westen.
Dann leitete er zwei Flüsse, die tosten,
durch den Palast, von Westen nach Osten.

Die schäumende Flut erweichte behende
des Königs gesammelte Exkremente,
es löst von Thronsitz und Ledertapete
die himmelwärts stinkende gräßliche Knete
und wirbelte alles plätschernd ins Freie,
was der König verzapfte täglich aufs neue.

Das Volk war voll Jubel, der Dreck war nun weg,
der King zahlte prompt, per Verrechnungsscheck,
und Herakles, dessen Ruhm nun sehr stieg,
erhielt den Nobelpreis für Metaphysik.

Denn er hatte dank dieses Auftrags und Kunden
das erste WC mit Spülung erfunden.

Circe

Lebt man allein auf einer Insel
dann stirbt man teils am Blutgerinnsel,
zerschellt den Kopf an der Kommode –
oder – man langweilt sich zu Tode.

Ich künde nun in aller Kürze
von einer Dame namens Circe,
die ganz allein, ohn' daß sie's grauste
vergnüglich auf Aiaia hauste.

Aiaia, fernab vom Verkehr
lag irgendwo im Mittelmeer,
verschont von Neckermann-Familien
zwischen Zitronen und – Sizilien,
was von Historikern verbrieft,
in Epen steht, die TÜV-geprüft.

Doch nun zurück – denn echte Würze
von meiner Story ist die Circe.

Sie lag einst splitternackt am Strand,
wie durch Homer bereits bekannt,
und bräunte sich die hübschen Glieder,
mit Ausdauer – und immer wieder.

Da kam Odysseus leicht benommen
auf einem Surfbrett angeschwommen,
sah Circe und rief aus: „Auweia!
welch herrlich Weib liegt auf Aiaia!"

Odysseus schlürfte samt Matrosen
durch die Brandung, ohne Hosen.
Die Mannschaft, triefend und entblößt,
hat Circe Argwohn eingeflößt.

Ihr Liebesdurst war ungestüm
nach – einem – Mann, nicht einem Team!
Sie sprach zu sich, und das war klug:
„Odysseus reicht, ist mir genug.

Den rubbel ich mir erst mal trocken,
sowohl den Bauch als auch die Locken."
„Und" – dachte sie verträumt und heiter –
„wenn er geföhnt ist, seh'n wir weiter."

Auf andere Besatzungs-Glieder,
sah prüfend sie, doch lustlos nieder.
Und dann verwandelte sie seine
Mannschaft obendrein in Schweine,
die fortan quiekten ohn' Ermatten
und kleine Ringelschwänzchen hatten.

Odysseus dachte: Oh, wie fein,
Was hab' ich heute bloß für Schwein,
entstieg dem Gischt der krausen Wellen
und wollte sich ihr beigesellen
nach alter Sitte – da er ionisch –,
nur von ferne und platonisch.

Frau Circe war darob erschreckt,
sie mochte Liebe mehr – direkt,
weil sie – die häufig unbemannte –
das Werk von Platon noch nicht kannte. –

Sie konnte sich auf Opfer stürzen
und ohne Umschweif sie becircen.
Odysseus war darob ganz baff –
dann lag er in den Dünen – schlaff.

Doch Circe ging erfüllt und froh
vom Tatort in den Bungalow,
wo sie für sich und den Odyss'
ein Rumpsteak in die Pfanne schmiß,

so groß wie'n Deckel von dem Klo,
außen kross und innen roh.

Und streute ihm aufs Futter Kräuter
die Wunder wirken, und so weiter,
nebst Bohnen, die gewaltig blähen,
und feingehackte Knoblauchzehen.

Solch Mahl stärkt Seemänner enorm
und bringt selbst Scheintote in Form.

Sie reichte ihm dann freundlich zu
im Kantharos – Tiramisu.
Zum Schluß gab's aus dem Küchenschrank
ein Zahnputzglas voll Zaubertrank.

Man weiß nicht, was darin enthalten. –
Odysseus' Hirnhaut warf gleich Falten,
im Rückenmark erscholl ein Knacken
die Haare sträubten sich Nacken.

Kurz vor dem Trunk war – mit Verlaub –
sein ganzer Unterleib noch taub,
weil Circe ihn so echauffiert
und reichlich überstrapaziert.

Jetzt – freute er sich unumwunden.–
Die Taubheit war total verschwunden,
und seine Manneszier erholt,
war aufgemöbelt – umgepolt
und hatte wieder Appetit,
auf Circe – die sogleich bemüht.

Ein Seemann kann nur selten eben
mit Circe ganz in Ruhe leben,
wenn jene, die so leicht geschürzt,
ihn immer wieder neu becirct.

Und Circe widmete viel Stunden
dem Irrfahrer und Lieblingskunden:

Erst Liebelei am heißen Strand,
Wellenreiten, im Po Sand,
Wahnsinnsspiel in jeder Pose,
dann zum Festmahl quelque chose,
Lustattacken, Großes Fressen,
Therapie mit Saufexzessen,
dann erneut und eng umschlungen
sexuelle Anwendungen,
bis Odysseus – Hirnödeme
quälten – auch die Dackellähme.

Circe circte unermüdlich. –
Langsam wurd' es ungemütlich,
weil Odyss' halluzinierte,
röchelte und delirierte.

Aus der Sicht von heut'gen Christen,
sowas wir verbieten müßten!
Sex ist da zum Kinderkriegen,
keineswegs nicht zum Vergnügen!

Doch gab's an Aiaias Grenzen
keine Bischofskonferenzen.
Nirgends schützten da Synoden
ausgelaugte Seemannsknoten.

Keuschheit war Gelübde nicht.
Wollust erste Bürgerpflicht!
Circe lag voll Liebreiz da –
keinerlei Encyclica!

Da befand Odysseus: Circe,
sei für ihn zu starke Würze,
weil, was ihm bei ihr geschah –
unbekannt in Ithaka.

Ausgedorrt hing ihm die Lippe,
Bauch und Bein fast ein Gerippe,
litt durch all der Liebe Wucht
schizophrene Magersucht,
gürtete den Lendenschurz,
verneigte sich vor Circe kurz,
flüsterte nur schwach und flau :
„Hochverehrte gnäd'ge Frau,
Ich muß five o'clock zum Tee
nach Hause – zu Penelope!“;

entfernte sich, nahm – Sand im Schritt –
die Schweine der Besatzung mit.
Dieselben grunzten ziemlich heiter:
„Gott sei Dank, jetzt geht es weiter."
Circe aalte sich im Kies,
winkte traurig und rief: „Tschüß!“

Daidalos und Ikaros

Im alten Kreta vor viertausend Jahren
herrschte ein König, der weithin bekannt,
der war sehr reich und brauchte nicht sparen,
Minos von Knossos wurd' er genannt.

Als ihm die Hütte, in der er hauste,
für die Regierungsgeschäfte zu klein
und er privat, wenn er sich lauste,
dauernd den Kopf stieß, das Knie oder Bein,

ließ er sich rufen durch den Präfekten
aus dem verfügbaren Hofstaat und Troß
seinen Designer und Star-Architekten,
das war der geistreiche Daidalos.

„Daidalos", sprach König Minos der Große
„bau mir gefälligst 'nen größ'ren Palast,
wo ich mir nicht mehr den Schädel so stoße,
und in den Thronsaal – der Fernseher paßt."

Daidalos schuf seinem Herrn schon nach Stunden
einen Neubau, der diesem gefiel.
So wurde das Labyrinth erfunden,
in dem minoischen Irrgarten-Stil.

In diesem Labyrinth ging es leider
heftig verwinkelt, selten gradaus
um tausend Ecken, krumm endlos weiter.
Danach – fand nun kein Schwein mehr hinaus.

Im Labyrinth bleibt man hoffnungslos stecken,
Panik bricht aus, was weidlich bekannt,
ja, bei dem Zickzacklauf zwischen den Hecken
verlieren Besucher meist den Verstand.

Außerdem wohnte – ach, wie gefährlich –
im Labyrinth, und das war bizarr
der Minotauros, der – sind wir mal ehrlich –
ein ganz entsetzliches Mischwesen war.

Minos' Weib hat das Scheusal entbunden,
als sie besprungen in peinlicher Gier
von einem ganz exzentrischen Kunden,
nämlich von einem waschechten Stier.

Als einst der Theseus dies Monster wollt töten,
gab ihm Ariadne auf Daidalos' Rat
ein schönes Wollknäuel. Mit Hilfe der Fäden
fand er aus dem Labyrinth nach der Tat.

Das mochte Minos nicht schweigend ertragen,
schon wurde düster und zürnend sein Blick.
Minotauros, sein Mündel erschlagen. –
Er wünschte Sühne für Daidalos' Trick.

Also kam Daidalos in das Gefängnis
und in die Sippenhaft gleichfalls sein Sohn.
Dort saßen beide, arg in Bedrängnis.
Undank ist häufig des Hilfreichen Lohn.

Doch unser Daidalos war ziemlich clever.
Weil die Bewachung im Kittchen sehr lax
und er im Hintern spürte viel Pfeffer,
besorgte er Vogelfedern – und Wachs.

Aus den Federn nun formte er Schwingen,
wie sie den Adler locker erheben,
und mit dem Wachs konnt' es ihm bald gelingen,
selbige sich an den Rücken zu kleben.

Und er nahm Wachs zum Schluß aus dem Kübel,
knetete seinem Sohn Ikaros dann
ebenfalls an den Brustkasten Flügel,
worauf auch der zu fliegen begann.

Beide flatterten aus ihren Zellen
in Richtung Westen hoch in den Himmel,
wo gewöhnlich die Quellwolken quellen.
Ruhig flog Daidalos – nur nicht sein Lümmel.

Daidalos hatte ihn zwar instruiert:
„Sei mir nicht leichtsinnig, trotz Deiner Wonne
fliege behutsam und diszipliniert,
nur nicht zu dicht an die glühende Sonne.“

Doch er beriet vergeblich den Knaben.
Ikaros tat ganz wie's ihm beliebt,
was alle Knaben an sich so haben,
wenn der Vater Ermahnungen gibt.

Schon war er weit in den Äther getändelt,
so daß sein Vater ihn nicht mehr erblickt,
der nur fünfhundert Meter hoch pendelt
und von der Freiheit restlos beglückt.

Da streifte Ikaros – hört, wie entsetzlich –
oben die Sonne, die fürchterlich glühte,
wodurch das Wachs schmolz, das ihm nun plötzlich
auf einer Milchstraße kleckernd versprühte.

Beide Flügel, vom Vater penibel
an seine Schulterblätter gepfriemelt,
rochen versengt und stanken nun übel,
schmolzen zu Brei und sind ihm zerkrümelt.

Ikaros, dadurch im Sturzflug befindlich
schlug durchs Ozonloch, wo Petrus grad saß.
Der fiel vor Schreck, denn ihm wurde es schwindlig,
aus allen Wolken aus himmlischem Gas.

Der Liebe Gott, auf dem Sofa mild lächelnd,
sah den Schlamassel, der grade passiert,
ist an den Feuerlöscher gehechelt,
der nur bei Christen gut funktioniert.

„Daidalos, Ikaros“, rief er, „Ihr beiden,
wenn’s nicht so ernst wär’, Ihr würdet lachen,
ich kann nicht helfen, denn Ihr – seid bloß Heiden
und nicht getauft, da ist nix zu machen."

Ikaros, der nun nicht mehr zu retten,
krachte zu Boden, sein Haupt kriegte Glatze.
Anderntags las man in allen Gazetten:
„Daidalos’ Azubi – übt – Kamikaze!“

Das Damokles-Schwert

Im sonnig heiteren Syrakus
lebten Tyrannen auf lockerem Fuß.
Sie scherzten leutselig mit ihren Gästen
bei kleinen Empfängen und größeren Festen.

So kam einst auch Damokles angereist,
mit dem Dionysos üppig gespeist.
Als Damokles schwelgte zwischen den Zechern,
sich glücklich berauschend aus vollen Bechern,

und dabei zufällig über sich guckte,
ein furchtbarer Schreck den Guten durchzuckte:
„Da hängt doch wahrhaftig ein blitzendes Schwert!
Ob das mir bald durch die Gebeine fährt?“

Es schwebte so leicht wie die lautlose Motte
an einem Haar über seiner Kalotte.
Wenn dieses riß, ganz zweifellos hätte
es ihn durchtrennt wie die Spalttablette.

So wie's den Tyrannen einstmals gefallen,
ergeht es in unserem Ländle wohl allen!
Was jene mit grausamem Feingefühl taten,
bescheren uns heut' Polit-Technokraten.

Der Damokles mochte noch glücklich sich schätzen,
ein einziges Schwert drohte ihn zu zerfetzen.
Über uns zitternden staatlichen Mündeln
hängen die Schwerter zur Zeit schon in Bündeln!!

An einem Haar nur? Das dünkt mich recht dick.
An Spinnweben-Fädchen! Gleich fallen sie – klick!
Doch bitte nicht Panik – nicht Schreien – nicht Toben,
nur eines scheint wichtig: Schaut nicht mehr nach oben!

Danae

Einst lebte in Argos, das konnt' man von weit sehn
ein Mann, dessen Tochter von blendenden Reizen.
Der Mann war Akrisios. Seine Tochter, die Fee,
lief nackt durch die Wohnung, hieß Danae.

Akrisios bereiste im Urlaub grad Delphi
und traf im Orakel, die Priesterin Elfi.
Er fragte aus Neugier im Hinblick auf Erben:
„Wie, wann und wo – werd' ich armes Schwein sterben?

Krepier' ich zu Hause, bei mir auf dem Sofa
oder brech das Genick ich – beim Sturz von dem Mofa?
Oder rafft mich hinweg, aus prallvollem Leben
die Schweinepest oder der Saft edler Reben?

Zersetzen mich Schriften von Theo Adorno
oder trifft mich ein Hirnschlag beim Kirchgang? – beim Porno?
Erstickt mich mein Weib – wenn ich schnarche – mit Kissen? –
oder werd' ich gestochen von Diakonissen?

Ob mich schnöde Mörder, meuchlinks verschworen,
während der Notdurft von hinten durchbohren?
Oder muß ich zum Friedhof sehr wider Willen,
weil mich die Beefsteaks der Engländer killen?

„Sag weis!" flehte er im Tempel zu Delphi
zu jener bewußten Priesterin Elfi.
Die Elfi erwiderte ruhig und karg:
„Erst gib mir 'nen Scheck über 2000 Mark,

dann unterschreibe mir bitte zumindest,
daß Du mich von Schweigepflichten entbindest,
sonst kriege ich Streß mit den Datenschutzleuten.
Und das möcht ich gerne – wenn möglich – vermeiden.

Und schließlich brauche ich für das Orakel
ein Führungszeugnis, ganz ohne Makel,
Vom Hausarzt Atteste (auch wenn der Kerl schimpft),
daß Du gegen Tollwut erfolgreich geimpft,

drei Paßbilder, Lebenslauf – möcht' auch drin lesen,
wie häufig Du bisher im Puff bist gewesen,
solches dann amtlich beglaubigt – mit Stempel,
in doppelter Ausfertigung – hier in den Tempel!

Also bring mir baldmöglichst all diesen Scheiß
dann lege ich los – und sage Dir weis!"
Akrisios weinte verzweifelt – und bangte,
weil Elfi in Delphi so vieles verlangte.

Zum Arzt zog er gleich, ins Puff, auf die Bank,
kein Ding war unmöglich, kein Weg ihm zu lang.
Aufs Ordnungsamt schlich er, zur Polizei,
und schleppte die Dokumente herbei.

Als Elfi, zu der er schließlich dann zog,
den ganzen Papierkram kurz überflog,
hat sie die Belege im Tempel zerfleddert
und hinter der Cella alles verschreddert.

Sie hockte sich auf einen Dreifuß aus Eisen
breitbeinig, so, als wollte sie kreißen,
und rückte den Dreifuß, nachdem er bezahlte,
über den Felsen, wo drunter 'ne Spalte,

aus der es dampfte, zischte und brauste,
wobei es Akrisios, der zusah, sehr grauste.
„Beim Zeus", dachte er, und „Sternsakrament,
wenn die sich bloß nicht den Hintern verbrennt!"

Doch Elfi trotzte den brodelnden Gasen
die ihr in die Reizwäsche kräftig geblasen.

Sie stopfte sich ferner vom Lorbeerbaum Blätter
zwischen die Kiemen und kaute sie glätter.

Dann hat sie gestrampelt, getobt und gezuckt,
um sich gefuchtelt, wie irre geguckt,
riß sich vom Leibe Hüfthalter, Mantel,
wie wenn sie gebissen von einer Tarantel,

hat – Schaum vor dem Munde – gekeucht und gestammelt. –
Das notierten die Priester, die um sie versammelt.
Sie reichten Akrisios unwirsch den Zettel,
wo draufstand, in Versform, der gestammelte Bettel.

Und da stand gekritzelt (man wagt's kaum zu sagen),
er würd' bald – von seinem Enkel erschlagen!
Akrisios frohlockte, hieb auf seine Schenkel
und sagte: „Ihr Esel! Ich hab' keinen Enkel."

Da grinsten die Priester vor lauter Vergnügen:
„Denk an die Elfi – Du wirst einen kriegen!"
Schon rannte Akrisios schnurstracks nach Hause
und schleppte sein Töchterlein in eine Klause,

darin war ein Prunkbett und sonst nur ein Teetisch
die Klause verschloß er – sehr fest und hermetisch.
Sodann zapfte er noch im Keller vom Wein,
den trank er, und – schlief vor dem Fernseher ein.

Die Tochter war sauer, sie fluchte unsäglich,
kein Mann konnte rein, drum Paarung unmöglich.
Die Danae dachte nur eins: an Befreiung,
Akrisios an Elfis Mord-Prophezeihung.

Der Vater sich nicht von dem Fernseher rührte,
die Tochter im Bettchen halluzinierte.
Da plötzlich – wurde Danae ganz munter,
es geschehen tatsächlich noch Zeichen und Wunder,

denn Zeus, dessen Liebesdurst meistens sehr groß,
rauschte hernieder, auf ihren Schoß,
doch nicht wie ein Mann es bewerkstellt gewöhnlich,
also als Priapos – oder so ähnlich –,

sondern er tat sie aufs höchste erregen,
sehr originell, als goldiger Regen.
Es sind ihr dabei diverse Dukaten
in sorgsam gehütete Tiefen geraten.

Der Sinn der Geschichte ist gottlob kein langer:
Danae wurde im Handumdrehn schwanger,
gebar einen Sohn, einen kräftigen Blagen,
der hat – piff-paff – seinen Opa erschlagen. –

Verlaßt Euch – Ihr Männer – nie auf den Zeus,
der Kerl ist trickreich, macht immer was neu's.
Mal naht er als Ochse mit wildem Elan
bricht weibliche Herzen, verkleidet als Schwan,

huscht zu den Damen lautlos als Radler,
und schwingt sich dann auf sie, krächzend als Adler.
Vorsicht, Ihr Mädchen, tragt Chemisettchen,
sichert die Lenden, schnürt das Korsettchen.

Familienplanung wird gründlich vermasselt,
wenn Goldregen auf Eure Spielwiese prasselt!
Und – meidet Orakelbefragung in Delphi
und geht aus dem Weg der stammelnden Elfi!

Daphne

Bei den Griechen, meist in Sümpfen
leben wundervolle Nymphen,
voller Sex-Appeal gebaut,
hübsch die Mähne, zart die Haut,
Gänsefüßchen an den Zehen,
Frostbeulen sind kaum zu sehen,
Fesseln schlank, darüber kleine
traumhaft schöne Wadenbeine.

Sinnlich, voll Koketterie
tanzt die Kniescheibe vorm Knie,
Schenkelhälse hochelastisch
süß verknorpelt – ganz phantastisch.

Pumps umhüllen ihre Hacken,
knackig auch am Po – die Backen. –
Selbst den alten Zeus entzücken
Nymphen-Rücken, die sich bücken.

Scheu am Auge seitlich Kläppchen,
an den Ohren baumeln Läppchen,
Zunge spitz und steil der Zahn,
sind sie derart nymphoman,
daß sie Männern, die sie sehen,
Kopf – und Schlimmeres verdrehen.

Ferner haben diese Mädchen
sehr geschickte zarte Pfötchen.
Hochsensibel sind die Finger. –
Tastsinn haben diese Dinger,
daß sich sträuben alle Daunen
bei Silenen und bei Faunen.

Viel charmante Polsterecken
findet man ums kleine Becken.

Bäuche, die sich fleißig rühren,
Lenden, die vor Lust vibrieren,
sind an Nymphen – beim Verkehren –,
was die Götter heiß begehren.

Nymphen kosen – bis der Fittich
aufbäumt sich beim Nymphensittich.
Sie sind teuflisch stimulierend,
aufreizend, erotisierend,
wackeln routiniert mit Hüften,
Mamma – muß man noch nicht liften,
straff die Brüste, schwarz die Strapse –
keine Bandscheibenprolapse!

Daphne – war ein solcher Typ,
bis – Apoll sich an ihr rieb
und sie auf die Bettcouch legte,
weil sich Wollust in ihm regte.

Daphne, kaum auf ihn erpicht
sagte zu Apoll: „So nicht! –
Ohne Vorspiel zu betreiben
kannst Du mir gestohlen bleiben.
Schüttel Deinen“ – sprach sie knapp –
„Blütenstaub woanders ab!!
Ich hab leider sowieso
heute – keine – Libido!“

Doch Apoll gab keine Ruhe
zog ihr aus die Stöckelschuhe
und entfernte ohne Fragen
ihr den Hut und – Slipeinlagen,
nahte sich dann jenen Zonen,
die imstand sind beizuwohnen.

Daphne stieß ihn schroff zurück,
mochte jetzt kein Liebesglück,
hegte, wie man sagt – Null Bock,
sondern einen Schenkelblock,
hat Apoll recht mies behandelt,
sich in – Lorbeerbaum verwandelt.

All ihr Liebreiz – vorn und hinten,
war jetzt – Sperrholz, Borken, Rinden,
Reizwäsche – nur harte Bretter,
Schamhaar – ausgedorrte Blätter,
Muttermund – sonst hübsch bei Damen,
war nur noch ein Astloch – Amen!

Diana und der Jäger Aktaion

Diana saß mit ihren Nymphen
nackt am Teich, bar auch von Strümpfen,

denn bei ihr war grad von Nöten
Waschung der Intimitäten.

Durch das Spiel mit den Silenen
war'n zerzaust der Damen Mähnen.

Sie verströmten ferner übel
Östrus-Duft und Dunst von Zwiebel,

Bocksbeuteln, nebst Harn und Schweiß,
ganz besonders unterm Steiß.

Wie sie sich nun pedikürten,
einseiften und irrgierten,

Wimpern kämmten, Nägel lackten,
Bein rasierten, Läuse knackten,

Hornhaut raspelten an Sohlen,
Pickel quetschten ganz verhohlen,

Achseln radikal entfettet,
dann mit Sandpapier geglättet,

alles säuberlich befeuchtet,
bis die Epidermis leuchtet

und diverse Körperritzen
jetzt vor Reinlichkeit grad blitzen –

brach ein Jäger, groß und stolz
krachend durch das Unterholz.

Staunend prallt er auf die Leiber
jener hier zitierten Weiber

und blickt an dem Teich ein Weilchen
auf die hübschen weichen Teilchen.

Seine Augäpfel, die rollen,
schon vor Aufregung geschwollen.

Lustgefühle, kaum zu bannen,
wollten ihn schon übermannen.

Und – geneigter Leser, merke:
auch das Haar stand ihm zu Berge.

Als die schreckensbleichen Nymphen
schamvoll suchten nach den Strümpfen,

über Köpfe, Busen, Fuß
hastig streiften die Dessous,

ihre Blößen bebend deckten,
alles, was von Reiz versteckten,

sann Diana, dieser Drache
kaltblütig voll Zorn nach Rache,

denn sie ließ sich nicht gern stören
von bestimmten Voyeuren.

Grosse Haßgefühle hat sie
gegen freche Paparazzi.

Übel hat sie ihn behandelt:
Jäger flugs in Hirsch verwandelt!

Und – fatal! – ab dieser Stunde
tauchten auf des Jägers Hunde,

die vor Freude zitterten,
als den Hirsch sie witterten,

und mit tollwütigen Bissen
gleich das Vieh in Stücke rissen.

Aus war nun des Jägers Pirsch,
weil zerfetzt der blöde Hirsch.

Die Diana saß am Teiche
sehr zufrieden (Hirsch war Leiche)

und genoß den Nervenkitzel.
So – entstand das Jägerschnitzel!

Elektra

Eine lange Geschichte, eine wirklich nicht schöne
ereignete sich im alten Mykene.
Da hauste dereinst Agamemnon als König
in einem Reich, das grau und eintönig,
weil jede Frau dort nur kochte und putzte,
die Brüste ausschließlich zum Stillen benutzte,
und alle Männer, ob Herren, ob Knechte,
jagten, fraßen, hurten und zechten.

Das trieb man ohne jedes Ermüden,
solang man es aushielt, besonders im Frieden.
Doch wollt' man zur Abwechslung Streit und Intrigen,
dann überzog man die Nachbarn mit Kriegen,
haute den Leuten die Burg kurz und klein
und äscherte rücksichtslos Wohnzimmer ein.

So war auch der Agamemnon geartet,
der einst jenen Angriff auf Troja gestartet,
bei dessen Auftakt ihm höchst eklatant
das Töchterlein Iphigenie verschwand.

Er sollt' sie als Opfer schlachten, und zwar
der Göttin Artemis auf dem Altar.
Es würde zu weit führen, hier zu berichten,
warum das nötig. Ich sag' es mitnichten.
Man kann diesen Krimi, der furchtbar gewesen,
in Sophokles' „Iphigenie" nachlesen.

Der Agamemnon saß also da voller Schreck,
Sein Lieblingsbalg – Iphigenie – war weg.
Frau Klytämnestra tobte und raste,
ihr Auge vor Wehmut seltsam verglaste.

Ihr Mann, der Trottel, den immer sie mocht sehr,
hatte nicht aufgepaßt, auf ihre Tochter.

Drum schwor sie ihm Rache für Iphigenien,
und zerdrückte dabei verbitterte Tränchen.

Agamemnon ist trotzdem herzlos und dreist
fahrplanmäßig nach Troja verreist.
Doch als er zurückkam, jubelnd nach Sieg
aus dem berühmten Trojanischen Krieg,
und sich zu Hause im hölzernenTrog
einem heißen Reinigungsbad unterzog,
(weil er nach zehn Jahren Kampf, der sehr trutzig,
völlig versifft war, blutig und schmutzig)
dampfend nun dasaß, der Kopf aufgedunsen,
wohlig laichend, genüßlich am Grunzen,
da – kam Klytämnestra, vor Rache ganz geil,
von hinten ins Bad rein, mit einem Beil
und hieb ihm das schwere Ding auf die Birne.
Der Agamemnon sah blitzen Gestirne.

Dann schlug sie zum zweiten (man hörte es Krachen!),
auf Knochen, die sein Gehirn überdachen.
Nun gingen ihm flöten Geist und Verstand
und Blut spritzte gegen die Kacheln der Wand.
Beim dritten Schlag, der nun keineswegs matter,
machte der Agamemnon die Flatter.

Elektra, ihr Töchterlein sah dabei zu,
und sagte zur Mama verwundert: „Nanu!
Warum haust Du so heftig auf meinen Papa?
Gib ihm doch besser ein Fläschchen mit Grappa!“

Sie hat sich vor Ekel heftig geschüttelt
und auch noch vor Angst in den Kittel geknittelt.
Ihr Vater war tot, sie war halbe Waise.
Die Mutter lachte listig und leise,
und nahm sich nach diesem Drama sodann
aus verständlichen Gründen einen anderen Mann.

Die Thronfolge wurde nicht lange erörtert,
ihr Hausfreund Aigisthos zum König befördert.
Der wollte nun – kaum daß er Staatschef geworden –
Orest, den Sohn Agamemnons, ermorden.
Denn Söhne könnten mit Hauen und Stechen
gemeuchelte Väter irgendwann rächen.

Doch Schwester Elektra, von der ich berichte,
die Titelheldin der ganzen Geschichte,
rettete umsichtig, das war ja klar,
den kleinen Bruder aus der Gefahr.

Sie schmuggelte mit ihrem scharfen Verstand
den armen Orest schnell außer Land,
und zwar nach Phokäa, wo er für Betuchte
das Höhere Handelsgymnasium besuchte.
Orest gedieh, wurd' ein kräftiger Hüne,
doch kummervoll-nachdenklich blieb seine Miene.

Elektra verschloß man zur Strafe im Knast,
die Mutter war ihr von Herzen verhaßt.
Sie schwärmte vom Vater, sogar auf Dauer,
und trug, was sprichwörtlich war – nämlich Trauer.

Der Stiefvater hielt sie für eine Hexe,
doch Freud fand in ihr: Elektra-Komplexe.
Das wird als Gegenstück dauernd zitiert
von dem, was dem Ödipus damals passiert.

Orest kam indes in die Heimat zurück.
Keiner erkannte den Jüngling zum Glück.
Die Mutter ließ ihn nichtsahnend ins Haus.
Er holte Elektra vom Kittchen heraus,
dann hat er, was eigentlich gar nicht erlaubtet,
Aigisthos, den Stiefvater, schnurstracks enthauptet,
als dieser sich leicht vorneüber beugte
und wasserlassend ins Klobecken äugte.

Aigisthos' Kopf (ein Schock für sehr viele)
flog vom WC – quer durch die Diele
streifte Regale, schlenzte um Betten
und unter die Bänke von den Banketten.
Er rollte schließlich im Damensalon
unter die Louis-treize-Chaiselongue.

Klytämnestra erkannte nun kreischend Orest,
hat Notdurft in ihre Wäsche genäßt,
zerkratzte die Brust und bat ihn um Gnade.
Orest sagte sinnend: „Ach, ist das schade,

Blutrache ist eine dumme Geschichte,
besonders weil ich sie so ungern verrichte",
zückte sein Messer, das bestens geschärft,
schnitt darauflos, weil er ziemlich genervt,
trennte der Mutter Scheibchen für Scheibchen,
das verdorbene Fleisch vom zuckenden Leibchen.
Solche scheinbar barbarischen Schnitte
war'n bei den Griechen durchaus noch Sitte.

Kaum war geschehen das schlimme Verbrechen,
kamen Erynnien, die Bluttat zu rächen.
Sie hetzen die Mörder gewöhnlich zu Tode
mal so, mal so – je nach Methode.

Orest floh nach Delphi, kam an dort ganz schlapp
und biß sich zur Sühne den Ringfinger ab.
Mit Apoll, seinem Freund, hat er schnell sich geeinigt,
der hat ihn flugs von der Blutschuld gereinigt,
indem er in Delphi ein Wildschwein erschoß
und dessen Blut über'n Schädel ihm goß.
Das klingt zwar naiv bezüglich Apolls,
und unglaublich grausam – (fürs Schwein!) – doch was soll's.

So schildern Aischylos, Hoffmannsthal und
auch Freund Euripides uns den Befund.

Nun zu Elektra, die übriggeblieben
und ihren Bruder zur Rache getrieben.
Die Erynnien haben Elektra sehr bald
auf dem elektrischen Stuhl festgeschnallt
und heizten ihr ein, mit Volt und Ampère.
Sie flog dabei fort – und ist hier nicht mehr.

Doch wurde sie nach dieser Kalamität
zur Schutzpatronin – der Elektrizität.
Der Stoff lieferte viele Tragödien frei Haus,
auch eine Oper von Richard Strauß.

Wer ganz genau hochschaut in die Stratosphäre,
dort macht die Elektra weiter Karriere,
sie fährt unablässig mit schrillem Gebimmel
als Elektrische – zwischen den Sternen am Himmel.

Endymion und Selene

Einen Mythos ich zu gern entlehne:
den von Endymion und seiner Selene.
Endymion war ein ganz unglaublich träger
bildschöner Jüngling, Hirte und Jäger.

Der Zeus fragte ihn einst, die Stirn voller Falten:
„Wie willst Du Deine Zukunft gestalten?
Höre mal zu und sei nicht so mufflich,
Du kannst Deine Pläne, privat und beruflich,
ganz nach eigenem Gutdünken wählen,
das möcht ich Dir trotz Deiner Schönheit empfehlen.
Was Du Dir wünschst, und nimmst in Betracht,
Simsalabim – so wird es gemacht!"

Was nun Endymions Wünsche betraf,
er wählte sich aus: einen ewigen Schlaf.
Weil er sich sagte, ganz einfach und schlicht:
Wer dauernd schläft – der sündigt ja nicht.

In einer Höhle, gemütlich zu nennen,
ging er zu Boden und fing an zu pennen.
Das war am Berg Latmos, in Kariens Landen,
wo damals noch keine Türken vorhanden.

Dies sah die Mondgöttin, Fräulein Selene,
eine sehr hübsche Maid – notabene.
Sie fuhr übern Himmel, wie immer bei Nacht,
und hat sich dabei nie etwas gedacht.

Ihr Wagen kam wie ein Tornado geschossen,
vorne gezogen von zwei wilden Rossen.
Kurz vor dem Latmos, wo rumhüpften Gemsen,
dicht bei Endymion, fing sie an zu bremsen.

Sie stoppte den Karren neben der Höhle,
wischte den Straßenstaub von ihrer Seele,

zog einen Zettel am Parkautomaten –
der Nachttarif waren dort: fünfzehn Dukaten.

Sie trat vor Endymion, der nackt lag und schlief.
Das – stimmte sie anfangs kontemplativ,
dann, weil sie selber heiß war und ledig,
zog sie sich aus und wurde nun tätig.

Denn sie war gewohnt, als himmlische Diva,
in Sachen Liebe – eine Vita activa.
Sie hat ihn mit zahllosen Küssen massiert,
möglicherweise auch an ihm hantiert.

Endymion schlief aber unentwegt weiter
wie ein Murmeltier, doch ohne Kleider.
Selene hat – das ist nicht geschummelt –
stundenlang an Endymion gefummelt.

Erst als es hell wurd', gab sie endlich Ruhe
mit ihrem höchst sonderbaren Getue,
drückte zum Abschied Endymion fester,
dann kam nämlich Eos, das war ihre Schwester.

Wenn die Morgenröte schien hinter Buchen,
hatte Selene da nichts mehr zu suchen.
Sie fuhr ihre prächtige Mond-Equipage
oben am Himmelszelt in die Garage
und rollte sich wie eine schnurrende Katze
hinter dem Mond auf eine Matratze.

Kurz danach – kam mit schläfrigem Blick
auch Schwesterlein Eos keuchend zurück.
Obgleich Fotografen nach ihnen meist süchtig,
sind Morgenröten leider sehr flüchtig.

Denn Helios tobte rasant durch den Äther,
das war ihr Bruder, ein heißer Vertreter.

Sein Sportwagen war der Sonnen-Expreß,
und hatte in voller Fahrt vier PS.
Vier Crazy Horses, genau gesagt: Schimmel
hetzte er tags wie gesengt übern Himmel. –

Doch abends, wenn andere gern übernachten,
fing die Selene erneut an zu schmachten.
Sie schaute um acht die Tagesschau an,
dann spannte sie ihre Renntiere an.

Helios – mit seinen unorthodoxen
Rossen – fuhr jetzt zurück an die Boxen.
Sie – startete durch mit quietschenden Reifen,
geplagt von Wollust, was gut zu begreifen.
Flupp – war sie unten, beflügelt von Winden
und knutschte Endymion von vorne und hinten.

Dabei war es praktisch, daß er ohne Hose,
obgleich laut schnarchend, wie in Narkose.
Doch sinnlos erscheint uns die zärtlichste Nummer,
wenn der Galan betäubt ist von Schlummer.

Selene machte sich an ihm zu schaffen
erneut mit all ihren weiblichen Waffen.
Das – wiederholte sich viele Jahrzehnte,
nur der Endymion pennte – und gähnte.
Der Zeus hatte ihm, das weiß man heut' eben,
Unmengen Barbiturate gegeben.

Wie es Selene fertig nun kriegte,
während ihr Liebster schlafend nur nickte,
was sie genau mit ihm praktizierte,
während Endymion fest delirierte,
wo sie – an ihm – im Schlafe gefuchtelt –
eines steht fest – sie wurde befruchtelt.

Noch heute beschäftigt dies Fait accompli
Experten der Sinnesphysiologie.
Fünfzig Mal wurd' die gute Selene
schwanger – trotz des Endymions Gegähne.

Ja, was die Fortpflanzung damals betraf,
den Seinen gab es der Herr wohl im Schlaf.
Und Göttinnen sind sexuell sehr beflissen
auch in Höhlen, und nicht nur auf Kissen.

Fünfzig Kinder hab'n beide gezeugt,
der Mythenfreund ist betroffen – und schweigt.
Man denkt unwillkürlich bei solcherlei Sachen:
Das – gibt bestimmt – ein böses Erwachen.

Wenn fünfzig Kinder im Hause rumplärren,
wer hält das aus, meine Damen und Herren?
Der kritische Leser fragt zudem bestürzt:
„Was geschieht, wenn der Zeus – das Kindergeld kürzt?"

Europa

Als Zeus arg weibstoll und noch kein Opa,
verliebte er sich in die schöne Europa.
Die Story finde ich für mich persönlich
reichlich pikant und ganz ungewöhnlich.

Europa war Königstochter gewesen
und lebte im Lande der Libanesen,
als diese noch nicht den Arafat kannten
und sich schlichtweg Phönizier nannten.

Dieses Volk fuhr mit zahllosen Schiffen
sicher durchs Meer, zwischen Strudeln und Riffen.
Und ihre Händler sich überall trafen,
zwischen Byblos, Hawaii, Kiel und Cuxhaven.

Die prachtvollste Stadt, erwähnt auf Papyros,
war nicht Paris, nein – es war Tyros.
Tyros besaß viel Paläste, Museen,
Bedürfnisanstalten, Tempel, Lyzeen.

Seeleute gab's dort, Lustknaben, Händler,
Gauner, Tagediebe und Pendler,
Kaufleute, Großbanken, Börsen, Fabriken,
Dominas, Domherren, und Domestiken,
Bauchtanzlokale, die sehr elegant –
und etwas außerhalb – herrlichen Strand,
wo sich Europa sehr häufig sonnte,
bei schönem Wetter, wann immer sie konnte.

Sie war das Töchterlein, grade erst sechzehn
von König Agenor, der konnte schlecht sehn.
So entging ihm, daß sein Fräulein Tochter
ausging, was nun – gar nicht gern mocht er.

Sonntag war es, mittags um zwei,
manche behaupten, es war schon halb drei,

Europa saß grad mit Klassenkameraden
plaudernd im Sand oder ging baden,
die Stimmung war gut, man hörte Gekicher,
die Welt war in Ordnung, man fühlte sich sicher.

Da plötzlich sah die Europa beklommen:
Ein großer Stier kam ans Ufer geschwommen.
Weiß war sein Fell und fromm seine Blicke,
nirgends ein Anflug von Bosheit und Tücke.

Schnurstracks ging der Stier auf sie zu,
sprach, sich verbeugend: „How do you do?“
Europa spreizte lächelnd ein Bein
und sagte dem Stier: „Thanks, I'm fine.“
(Beide beherrschten, was heute noch wichtig,
die Weltsprache Englisch, fließend und richtig.)
Er küßte ihr zärtlich die zierliche Hand,
was die Europa aufregend fand.
Dann legte er seine massigen Glieder
wohlig schnaubend neben sie nieder.

Zwanglos sprachen sie über Geschichte,
Politik, Mode, Klatsch und Gerüchte.
Die Mädchen fragten den Stier voller Freude,
ob er an Rinderwahnsinn schon leide.
„Nein“, lachte er, breit und jovial,
„mein EEG ist noch völlig normal!“

„Toll“, rief Europa, gab ihm ein Küßchen,
„ich möchte Dein Fell kraulen, nur mal – ein bißchen.
Sie strich ihm durchs Haar, am Hals und am Nacken,
dann auch am Bauch und an den vier Backen,
bis daß der Stier erregt stöhnte auf,
und bat die Europa: „Steig auf mich drauf.“

Nun, dachte sie, welch goldiges Tierchen,
man kann doch mal reiten, auf einem Stierchen,

sagte scherzend: „Du solltest Dich bücken,
dann krabbel ich hoch, zu Dir auf den Rücken.“

Kaum saß sie oben, was gar nicht so schwer,
rannte der Stier zum Ufer vom Meer,
glitt in die Wogen mit sehr viel Gefühl,
schwamm anfangs Kraul, dann Schmetterlingsstil.

Europa triefte, naß war’n die Brüste,
am Horizont verschwand bald die Küste.
Mitten im Meer, da lüftete roh
der gurgelnde Stier sein inkognito,
verriet der Europa etwas ganz Neu’s,
„Hallo Darling, my name is Zeus.“
Europa hingegen unruhig schrie:
„Oh my God, what are you doing with me?“

Doch an ihrer Spritz-Tour war nun nix zu ändern,
nur riet sie dem Zeus, ja nicht zu kentern,
wußte, es hat keinen Sinn, hier zu toben,
obgleich es apart, sich auf See zu verloben.
Sie klammerte sich beim Stier an den Nacken,
das Salzwasser spülte ihr Schenkel und Hacken.

Sie eilten gen Westen, geschmiegt dicht an dicht,
bis beide jauchzten – Land kam in Sicht!
Zeus, der verführt hatte kurz zuvor Leda,
murmelte lüstern: „Gleich sind wir in Kreta.“

Kreta war damals noch frei von Touristen,
von Szene-Kneipen und Naturalisten,
von Bettenburgen, Golfplätzen, Pubs,
von Katzanzakis und Robinson Clubs.
Kaum war’n sie an Land, im Gebüsch hinterm Hafen,
begannen sie heftig mit’nander zu schlafen.
Das war genau – wie Historiker wissen –
in Matala zwischen wilden Narzissen.

Europa hatte – nach unserm Ermessen –
an diesem Tag ihre Pille vergessen.
Prompt war sie schwanger, die Entbindung kam näher
was dabei rauskam? Na, wir – Europäer!

Zeus wurde dabei mehrfacher Opa,
betreibt 'ne Filiale heut bei der TOUROPA,
draußen ein Hinweisschild: „We speak german“,
der Metzger daneben wühlt in Gedärmen.

Europa und Zeus sind alt jetzt – und dicklich
selbstzufrieden und immer noch glücklich,
erfuhren inzwischen manch eine Ehrung,
und machten den EURO zu ihrer Währung.
Beide entleeren noch heut' ihre Blasen,
in herrlich bemalte minoische Vasen.

Adonis

Ein bissel seltsam die Sache schon is
von jenem Jüngling, mit Namen Adonis.
Seine Mutter, die Myrrha, sonst reizvolle Glucke,
war hin und wieder reichlich meschugge.
Wenn Lust in ihr aufstieg, mit roher Gewalt
machte sie vor dem eigenen Vater nicht halt.

Als dieser mal schwankte vom Wirtshaus zurück,
verwirrt die Gedanken, verblendet sein Blick,
ganz außerstande, Vernunft zu verspüren –
beschloß das Mädchen, ihn jetzt zu verführen,
so daß sie in diesem sehr schwülen Nächtl
den Papa ins Bett nahm zum Techtelmechtl.

Der Vater dachte zunächst – weil er blau –
er hätte im Arm eine wildfremde Frau
und machte sich an ihrem Körper, dem straffen,
ganz unbedenklich – voll Inbrunst zu schaffen.

Doch als nun feurig, vor Liebe grad kocht er,
erkennt er: MYRRHA – die leiblicheTochter.
Da hat er – indem die Lust ihm geschwunden –
den Coitus interruptus erfunden.

Zu spät die Erkenntis – längst war es geschehen,
die Myrrha zuckte von Kopf zu den Zehen,
sie war schon bestäubt, das wußte gleich bang er,
der Vater seufzte, die Tochter war schwanger.

Nun wollte er sie – die da aufstand zum Bügeln
zur Strafe mit einem Zaunpfahl verprügeln.
Da dachten die Götter: Nicht lang verhandeln!
Besser ist, Myrrha rasch zu verwandeln.

So wurde die Myrrha, man merkte es kaum
ganz plötzlich zur MYRRHE und war jetzt ein Baum.

Und als dieser Baum reif zur Entbindung
kroch aus dem Astloch, wie aus einer Mündung,
ein bildhübscher Knabe, mit Balsam paniert,
das war der ADONIS, der uns interessiert.

Kaum wurd' er erwachsen, was daran erkennlich,
daß all seine Glieder ansehnlich männlich,
die Brust voller Haare, die Stirn eher fliehend,
die Spreizfüße platt, die Wangen rotglühend,
da – wollte ihn Aphrodite besitzen
und ihn für neckische Spielchen benützen.

Doch Zeus gab den Jüngling (etwas sehr Sonderbares!)
ihr nur für ein kurzes Drittel des Jahres.
Die nächsten zwei Drittel, so tat er verfügen,
dürft' er sich anderweitig vergnügen.
(Nach heutigem Maßstab wäre das nervlich
kaum auszuhalten – und daher verwerflich!)

Die Aphrodite, um Streit zu vermeiden,
mußte sich mit diesem Sachzwang bescheiden.
Sie schenkte Adonis voll Glück nun ihr Herz
zum Frühlingsanfang, ab den Iden vom März.

In dieser Zeit – denn sie war sehr begehrlich –
liebten sich beide fast unaufhörlich.
Vom Sommer bis Winter, wo nötig dann Kohlen
konnt' sich Adonis von der Liebe erholen,
atmete durch, kam wieder zu Kräften,
füllte sein Triebwerk wieder mit Säften.

So kam's, daß Lust sich im Spätjahr aufstaute,
Entladung im Frühjahr – danach wieder Flaute.
Das zyklische Balzen scheint fremd und orgiastisch,
doch Ehe auf Zeit gedeiht oft phantastisch.

Nach wenigen Jahren, vermutlich im Mai,
vernahm Aphrodite ein wüstes Geschrei.

Adonis jagte grad frisch von der Leber
im finsteren Wald einen rasenden Eber.
Er schwang seinen Speer, schwungvoll per Hand
(denn Schrotflinten waren noch nicht sehr bekannt).

So hat er den Eber voll Leichtsinn gereizt,
daß dieser vor Wut seine Hauer gespreizt,
und dann den Adonis, der heftig rumorte,
wortlos anfiel und bäuchlinks durchbohrte.

Sein Blut spritzte hoch, hat den Wald rot verschmiert,
das Herz war gebrochen, die Milz rupturiert.
In den Gebüschen, wo es Pilzsammler fanden,
hing sein Gedärm, wie Wurst in Girlanden.
Und die Leber lag auf einem Ameisenhaufen.
Da könnte man sich die Haarwurzeln raufen!

Adonis war tot, da war nichts zu machen.
Der Eber hielt sich den Bauch grad vor Lachen.
Doch aus des Adonis Blut wuchs – zum Lohne
für die Botaniker: die Anemone.

Aphrodite tat nun den Leichnam liebkosen,
pflückte für ihn einen Strauß weißer Rosen,
und wie sie die Rosen vom Stengel gebrochen,
hat sie sich schlimm in die Finger gestochen
und – wieder floß Blut, und tropfte auf Blüten,
doch diesmal das Blutbild von Aphroditen,
und die Rosen färbten sich rot, liebe Leute,
und blieben es, wenn ich nicht irre – bis heute.

Und Mutter Myrrhe, das muß man erwähnen,
weinte duftenden Balsam in Strömen.
Und wenn sie nicht weinte, gebeutelt von Pein,
schaute die Myrrhe, sehr – myrrhisch – drein.

Gyges und sein Ring

Ein schlimmes Märchen, ein ganz faules,
berichtet uns von Herrn Kandaules,
der seine Mitmenschen brüskierte,
als er das Lyderreich regierte.

Die einen warf er in den Kerker,
denn er war König, daher stärker.

Manch and're hat er sich gefaßt,
verschleppte sie in den Palast,
wo er mit ihnen nach Belieb,
die merkwürdigsten Dinge trieb.

So lockte er mit Ach und Krach
den Gyges in sein Schlafgemach
und sagte ihm (was sehr vertrackt ist):
„Gleich kommt mein Weib herein, das nackt ist –
schau sie Dir an – es ist verbürgt,
wie sexy sie von weitem wirkt.

Hinter dem Vorhang, der Dich deckt,
betrachte sie – und bleib versteckt."
Dem Gyges, der kein Säugling mehr,
war dieser Vorschlag peinlich sehr.

Kandaules war, was damals modisch,
zum Teil noch heteroerotisch,
doch überwiegend homophil,
leicht überspannt und sehr skurril.

Er pervertierte manchen Frust
ganz nach Bedarf in blanke Lust.
Die Tür ging auf zum Kämmerlein,
und – Frau Kandaules trat herein,
die sündhaft schön war, wie ein Spuk
und weiter nichts am Leibe trug

als Armbanduhr, Enthaarungscreme
und auf dem Kopf: ein Diadem.

Dabei war sie so fesch gebaut,
umhüllt von echter Gänsehaut,
daß Gyges fast der Atem stockte,
obgleich sein Augapfel frohlockte.

Laut Herodot – bei Gyges hing
am Bauchnabel gepierct ein Ring,
der irre Zauberkraft besaß
und ihm verschaffte großen Spaß.

Wenn er dran drehte bei Gefahr,
dann war er weg – und unsichtbar.
Entsprechend hastig er dran drehte,
als er Kandaules' Weib erspähte.

Sie – sah den sonderbaren Wicht –
der sie begaffte – deshalb nicht
und tat sich auf das Laken strecken,
ohne die Blößen zu bedecken,
begann dabei – meist unter Dösen,
in Friedrich Hebbels Werk zu lesen.

Dem Gyges wurde dieses Spiel
– das ihn verwirrte – bald zuviel.
Er fing nervös und aus Versehen
an seinem Ringlein leicht zu drehen.

Schwupp – nahm der liebe gute Mann
Gestalt von dem Kandaules an.

Da schlüpfte er – ohne zu fragen –
zu dessen Frau aufs Ehelaken,
und wohnte ihr – bis nachts um drei –
sehr ungewohnt und heftig bei.

Die Königin war's echt zufrieden,
sie war am dampfen und am sieden,
doch dachte sie (und auch ihr Schoß):
„Was ist bloß mit Kandaules los?"

Bis gestern lag ihm am Verkehr,
so gut wie nichts und wenig mehr.
Man könnte sagen, ihr Herr Lyder
war appetitlos – und ein Müder.

Jetzt plötzlich – war er heiß und wach –
Sie war verblüfft – und dachte: „Achchch!!"

Doch, wie sie ihn erneut umfing,
da drehte sich sein Nabel-Ring,
vermutlich kam er durch Erregung
in Rotation und in Bewegung.

Und – Frau Kandaules tat 'nen Schrei,
denn Gyges – schlief ihr plötzlich bei,
den sie – vor jenes Ringes Drehen
zwar schon gefühlt, doch nicht gesehen.

„Beim Zeus", rief sie hinaus zur Nacht,
„das hab ich mir doch gleich gedacht,
daß an Kandaules was nicht stimmt,
weil der – so anders sich benimmt."

Sie dampfte noch – doch war gefaßt
und sprach zu Gyges – ohne Hast:
„Mein Bürschchen, Du bleibst bitte hier,
ich möchte Dich als Souvenir!
Jetzt ist mir klar, Kandaules ist wie
ein sehr liebesfaules Mistvieh,
der mich auch noch – im Kopf umnachtet –
mit Dir beim Liebesakt betrachtet.

Ich schwör in dieser, unsrer Sache
dem alten Ferkel kalte Rache.
Weil er versagt und nur noch schlapp,
da murksen wir – ihn heut' noch ab!"
Es starb Kandaules, dieser Molch,
an einem langen spitzen Dolch.

So enden in antiken Dramen
perverse Männer – meine Damen,
weil nämlich sittenlose Ehen
durch Stichproben zugrunde gehen.

Und Du, mein Freund, behüt' Dein Weib,
sonst rückt ihm Gyges auf den Leib,
der lauernd hinterm Vorhang steht –
und gern – an seinem Ringlein dreht.

Hephaistos

Wenn immer die Frauen, beim Wunsch zu gebären,
sich ohne die Männer, alleine vermehren,
wenn sie bei der Zeugung laut frommen Gerüchten
auf männliche Mitwirkung gänzlich verzichten,
wenn sie sich – ohne den Beischlaf – begierig
selbsttätig schwängern, was unglaublich schwierig,
dann wird dieser Vorgang, der wenig galant
von den Forschern „Parthenogenese" genannt.

Auch Göttin Hera, hat häufig gelitten,
weil ihre Ehe mit Zeus längst zerstritten,
da der sich stets vor der Hausarbeit drückte
und dauernd in Weiberaffairen verstrickte.

„Schluß!" rief sie schmollend, vom Hausherrn erniedrigt,
„jetzt wird sich auch ohne den Mann mal befriedigt!"
Sie legte sich nieder, diesmal nicht brünstlich,
denn eiskalt befruchtete sie sich nun künstlich.

Was dabei rauskam? Wir wissen's verläßlich:
Es war der Hephaistos, ein Bub' der sehr häßlich,
unförmig plump war, breit fast wie lang,
und wie ein verfaulter Handkäse stank.

Kaum hat er schlüpfend durch glitschige Massen
Heras Gebärmutter endlich verlassen,
befreiend sich unter Kreischen und Fluchen,
von Nabelschnüren und Mutterkuchen,
griff ihn die Hera im Kreißsaal-Getümmel
und warf ihn erzürnt – vom olympischen Himmel.

Denn Göttinnen können ganz ohne Fragen
häßliche Kinder nicht gut vertragen.
Er fiel wie ein Stein zur Erde hernieder
Bums – schlug er auf, und brach sich die Glieder.

Da lag nun der Knabe und hat sehr gewimmert,
Steißbein und Tennisarm waren zertrümmert,
die Schenkelhälse, mit denen man grätscht,
waren zu Leberkäse gequetscht.

Die Bauchspeicheldrüse schien seltsam püriert,
die Harnblase bis vor den Kehlkopf luxiert,
die Waden geknickt, das Becken verbogen,
die Zotten im Dickdarm erheblich verzogen.

Sein Schädel, der am Finger noch lutscht,
war in den Brustkasten runtergerutscht,
so daß er – umgeben von knöchernen Splittern –
durch Rippen rausguckt, wie ein Aff' hinter Gittern.

Zwei Nymphen nun eilten im hurtigen Lauf
und hoben den Pechvogel vorsichtig auf.
Sie ordneten sorgsam die Trümmer der Knochen,
die ihm durch die Weichteile Löcher gestochen.

Und pflegten ihn liebevoll und allenthalben
mit preiswerten homöopathischen Salben,
mit Akupunktur, tibetanischen Tees,
mit Meditationen und Gingko-Gelees.

Denn schon vor Homer gab's bei der Regierung
Gesundheitsreformen und Budgetierung.
Was uns Ministerien heut' propagieren
ging schon Hippokrates stark auf die Nieren.

So wurde Hephaistos, der heftig verbeult,
naturheilkundlich gepflegt und geheilt.
Was jedoch zurückblieb: Nun, das war sein Stinken,
der häßliche Anblick und ferner sein Hinken.

Doch sein Hirn, obgleich er vom Himmel gesackt,
war grob neurologisch völlig intakt.

Nur hatte Hephaistos, das weiß man sehr gut,
auf die lieblose Mutter, eine rasende Wut.

Er wollte, weil sie ihn vom Himmel geschmissen
von schneller Verzeihung einfach nichts wissen.
Im Gegenteil, er blieb in selbiger Sache
voller Lust nach Revanche und Rache.

Er lernte, da feurig sein junges Gemüt,
das Schmiedehandwerk und wurde Schmied.
Und schmiedete Dinge von solch hohem Wert,
daß diese sogar von den Göttern begehrt,
Hutnadeln, Broschen, silbern und blechen,
die konnt man durch seine Brustwarzen stechen,
Pflöcke und Ringlein aus glitzerndem Stahl,
entzückend zu piercen, oral-genital.

Er schmiedete Königen herrliche Kronen,
und goldene Stühle, den Göttern zum Thronen.
Nur für Hera, die von ihrem Sohn kaum was wußte,
und gar nichts ahnte von dessen Fruste,
schnitzte er einen Sessel aus Stein.
In den setzte Hera sich nichtsahnend rein.

Und – schwupp – schlang sich um sie eine kräftige Fessel,
die grausam sie hielt am granitenen Sessel.
Sie konnt' nicht mehr aufstehn, war eisern umschlungen. –
Entsetzt keuchten ihre Gedärme und Lungen.

Die Lehne vom Sessel, hoch am Genick,
war wahnsinnig schwer, da der Stein dort so dick,
daß sie sofort kippte. – Sie fing an zu toben,
der Kopf hing nun unten, ihr Steiß zuckte oben.

Die Frisur war im Eimer, der Rock hing gelöst
ihr über den Kopf, was den Steiß nun entblößt.
Ihr ganzer Intimbereich, dank dieser Lage,
trat ungeschminkt offen dadurch zutage.

Den Göttern entfuhr gleich gewaltig Gelächter.
Dann schlugen Alarm – olympische Wächter.
Solch Anblick, so lauteten ihre Beschwerden,
kann Greise verwirren und Jugend gefährden.

Zeus, der antike himmlische Vater,
genoß das verblüffende Affentheater,
gab dann Hephaistos einen freundlichen Stoß
und sagte: „Jetzt Schluß – und binde sie los!"

Hephaistos jedoch stellte eine Bedingung
für eine Lösung von Heras Umschlingung:
„Ich will", knurrte er, verschlagen und schlau,
„die Aphrodite für mich – und als Frau."

„Gemacht", sagte Zeus, „ich werd' sie dir geben.
Nur bitte befreie die Hera dort eben."
Gesagt, getan – nun war Hera befreit.
Aphrodite stand zur Hochzeit bereit.

Hephaistos, der Schmied, wurd' echt wieder leidlich,
und vergnügte sich mit seiner Gattin nun weidlich.
Doch Aphrodite, die körperlich lecker,
fiel langsam der räudige Schmied auf den Wecker.
Der stieg auf ihr Lager, grantelnd und hinkend,
der Körper voll Ruß – und unheimlich stinkend.

Ein Ehebett ist nun – weiß Gott – keine Schmiede.
Die Aphrodite war wirklich nicht prüde,
doch dachte sie stöhnend vor Unmut und Jammer:
„Ich bin doch kein Amboß, für den da als Hammer!"

Und außerdem litt sie Schmiedzophrenie,
Geruchsnerven-Reizung und Rußallergie.
So sann sie nach Abhilfe, rein theoretisch,
dann – auch gleich praktisch, wohl auch ästhetisch.

Fortan nahm sie andere Männer ins Bett,
die sauber gewaschen, zärtlich und nett,
klammheimlich und tagsüber nun zwar,
wenn der Hephaistos beim Schmieden war.

Sie schätzte betreffs Amandi die Ars
von einem Kriegsgott, dem wackeren Mars,
dem sie sich hingab mit Haut und mit Haar,
während Hephaistos berufstätig war.

Der eine wühlte in knisternden Kohlen,
der andre nahte auf lüsternen Sohlen.
Der Mars hat bei ihr seine Notdurft erledigt,
während Hephaistos den Blas'balg betätigt.

Doch der Hephaistos war leider nicht blind,
er bekam von dem ruchlosen Ränkespiel Wind.
Und schmiedete Pläne unter Hämmern und Zischen,
um beide auf frischer Tat zu erwischen.

Als Aphrodite, die reizend Gebaute,
nach Schnäppchen beim Sommerschlußverkauf schaute,
da schmiedete ihr der zürnende Gatte
eine spinnwebendünne stählerne Matte,
unsichtbar, unzerreißbar, vernickelt,
die er gekonnt um die Bettpfosten wickelt.

Das ganze Machwerk des kunstvoll Geübten
verstand sich als Falle für die Verliebten.
Als er dann tags drauf erneut in der Schmiede
und Mars in sein Heim schlich, läufig und rüde,
mit Aphrodite lag scherzend auf Kissen,
Unzucht heischend mit schmatzenden Küssen,
umflossen sie beide die fesselnden Netzchen. –
Hephaistos frohlockte – geglückt seine Mätzchen!

Mars lag textilfrei und ohne die Rüstung,
Aphrodite enthüllt, auch an ihrer Brüstung.
Hephaistos benachrichtigte nun alle Götter,
die rannten herbei, riefen: „Donnerwetter,
wie kommt bloß der Mars, vor allem sein Glied
ins Bett von Hephaistos, dem lauteren Schmied?"
Worauf Aphrodite ärgerlich sprach:
„Genau wie Kuhscheiße auf Euer Dach!"

Der Zeus entfernte nach langem Geschwätz
das kompromittierende fesselnde Netz.
Aphrodite verklagte den schmiedenden Wicht
wegen seelischer Grausamkeit vor dem Gericht.
Ihr Anwalt sagte dem Richter verwaschen,
sie wollte doch nur mal Mars-Riegel naschen.
Und Mars konnte fliehen, doch – litt seit den Tagen
an Asthma und – erektilem Versagen.

Herakles und Omphale

Mit Herakles, wild und vermessen,
war leider nicht gut Kirschen essen,
denn diesen seltsamen Primaten
gelüstete es stets nach Taten.

Und jeder wußte, so er klug,
daß Herakles sich gerne schlug
und häufig sogar nach Belieb
mit seiner Keule um sich hieb.

Er würgte Eber, Löwen, Schlangen,
ist selbst ins Labyrinth gegangen
und hat von Jähzorn aufgewiegelt
den Minotauros dort verprügelt.

Doch das – hat Vater Zeus ihm eben
verziehen stets und schnell vergeben,
denn Tatendrang, wenn auch betrüblich,
war bei Heroen durchaus üblich.

Doch eines Tag's, als er zu Gast
beim König – in Tyrins' Palast
und dort aus Muße und zum Spaß
am Fuß der Festungsmauer saß,
wobei er in die Sonne döste
und alle seine Spasmen löste,
bemerkte er, was naß er spürte,
wie oben jemand urinierte.

Hoch über ihm – gerümpft die Nase –
stand Iphitos, mit voller Blase,
und schlug herab zwischen den Zinnen
sein Wasser ab als wie von Sinnen.

Eh sich's der Herakles versah
und recht begriff, was da geschah,

war schon sein Löwenfell klamm-feucht,
durch Harnsäure ganz aufgeweicht,
und er – roch wie ein Pissoir,
was Herakles sehr peinlich war.

Drum rannte er in großer Hast
hinauf zur Zinne vom Palast,
wo – sehr erleichtert – Iphitos
den Reißverschluß vom Latz verschloß.
Als jener in die Ferne stierte
und noch am Hosenstall hantierte,
trat Herakles kurz vor ihn hin,
schlug ihm die Faust aufs Doppelkinn,
und kickte ihm – mit Anlauf bös' –
den spitzen Schuh in das Gesäß.

Dann packte er ihn am Genick
und warf ihn kraftvoll, mit Geschick,
beflügelt von der Rachsucht Feuer
vom hochaufragenden Gemäuer.

Er stürzte sechzehn Meter tief,
wobei er laut um Hilfe rief,
erst auf minoisch und trojanisch,
dann auf mykenisch und – japanisch.

Am Ende lag er arg zerschunden
auf Schotter, vor der Mauer unten,
die Brust zerquetscht, der Steiß gebrochen,
ein Schienbein durch den Leib gestochen,
das kleine Becken stark zersplittert,
selbst sein Gehirn – war leicht erschüttert.

Und weil der Aufschlag dumpf und prall,
erlitt er einen Darmvorfall,
der hing – Sie mögen es verzeih'n –
sehr unschön – aus dem Hosenbein.

so daß zu ihm bald Geier hupften
und kräftig an dem Mastdarm zupften.

Und Iphitos, der einst brüskierte,
weil er beim Pinkeln dumm agierte,
schmeckte im Hals etwas ganz Fades,
s'war Höllenstein – er war – im Hades,
tat noch ein letztes Mal erbeben,
dann war er tot – und nicht am Leben.

Nur wenige Minuten später
erschienen Rettungssanitäter
und haben ihn, geschickt umwattet,
erst intubiert – und dann bestattet.

Die Nachricht drang durchs Löwentor
bis hin zu Tyrins' König vor.
Der ganze Hofstaat, selbst die Götzen,
brüllten vor Trauer und Entsetzen.

Der Herakles, peinlich beklommen,
wurd' unverzüglich festgenommen,
nach Feststellung der Personalien
und angesichts solcher Lappalien,
da Fluchtverdacht wohl ausgeschlossen,
gegen Kaution bald freigelossen.

Das dicke Ende für den Täter
dank der Justiz erfolgte später.
Es kam natürlich zum Prozeß,
zu Ungemach, zu Gram und Streß.
Erregt strömten die Völkerscharen
nach Delphi zum Gerichtsverfahren.

Es wurd' ein längeres Verhör,
die Anklage wog ziemlich schwer,
Die Zeugen packten gründlich aus,
doch keiner wußte was Genau's.

Der Staatsanwalt schien tief betroffen,
die Richter-Skala oben offen.

Für Herakles ein schwacher Trost:
Die Schöffen, anfangs sehr erbost,
schliefen betäubt durch reichlich Wein
im Laufe der Verhandlung ein.

Sie schnarchten laut, daß alles stöhnte,
weil es durch den Gerichtssaal dröhnte.
Der Amtsgerichtsrat, der berobte,
sah dunkelrot, wobei er tobte.

Nach stundenlangen Plädoyers,
die sehr ermüdet das Gesäß,
wurde der Urteilsspruch verkündet.
Man hörte, fragwürdig begründet,
mit schriller Stimme, ungeduldig,
ein Wörtchen nur – und das war „schuldig!"

Das Strafmaß, auslösend Empörung:
Drei Jahre lang, ohne Bewährung,
drei Jahre mußt' er, um zu sühnen,
der Königin von Lydien dienen,
einer gewissen Omphale
in ihrem Chambre separée,
als Sklave, Hausmann, Gärtner, Sattler,
als Liebesdiener und als Butler.
Drei Jahre sollte er allein
ihr Tag und Nacht zu Willen sein.
Und Folgendes galt straferschwerend,
auf jeden Fall enorm entehrend,
er mußte dabei – ohne Klagen
fortan nur Frauenkleider tragen:
Netzstrümpfe, gerüschte Leibchen,
auf dem Kopf ein Klöppelhäubchen,
an dem Rumpf dann Stützkorsagen,
Strapse auch als Takelagen,

Büstenhalter, Nylon-Slipse,
Rouge auf Lippen, Ohren-Clipse,
Tangas oder Mini-Röckchen,
Edelmieder, Breitschwanzjäckchen,
aufgedonnert unbeschreiblich,
Input mannhaft, Outfit weiblich.

Und vor Augen, die nur gaffen;
mußte er im Haushalt schaffen,
Wäsche waschen, Laken bleichen,
Kinder säugen, Schmutz abweichen,
selbst im Schlaf den Wanzen trutzen,
morgens dann Latrinen putzen,
in der Küche Fleisch frittieren;
Königin intim massieren,
täglich frische Brötchen backen,
platt treten die Kakerlacken,
Hunde flöhen, Feuer schüren,
Fliegen klatschen, Suppe rühren;
früh im Stall die Bullen wecken,
damit sie die Kühe decken,
schließlich, wenn's die Queen befiehlt
und sie Lust im Leibe fühlt,
nachts zur ihr ins Bettchen schlupfen,
Läuse am Mons pubis rupfen,
ihren Senkfuß pediküren,
und den Damenbart rasieren,
bei Bedarf an weit'ren Reizen
bis zur Weißglut sie beheizen,
gleichzeitig Avancen machen,
und den Dammschutz überwachen,
korrigieren mittels Düse
den Ozonwert der Symphyse.

Denn – ein routinierter Heros
kennt sich aus in Sachen Eros.

Dann wieder – nach Dienst von Minnen –
Schafe scheren, Wolle spinnen,
Hof fegen, Kartoffeln schälen,
Königin das Sitzfleisch ölen,
flugs die Queen – auf Nachtstuhl heben
und ihr einen Einlauf geben,
Holzwurm fangen in Gebälken,
Hühner schlachten, Ziegen melken.

So rotierte er nun täglich,
schuftete – weiß Gott – unsäglich,
hat – wie Omphale bescheinigt –
ihr den Omphalos gereinigt,
in dem oft – wie sie entdeckten –
Skybala und Krümel steckten,
diente seiner Herrin gründlich,
handgreiflich sowohl als mündlich.

Omphale schien tief beglückt
war von Herakles entzückt.

Nach drei Jahren Tätigkeit
war er von der Schuld befreit,
hat Frau Omphale gekündigt,
weiter nicht mit ihr gesündigt,
segelte als freier Prinz
über's Meer – und nach Tyrins,
setzte dort sich vor die Mauer,
wo ihn einstmals traf ein Schauer.

Diesmal blieb er unten hocken,
ohne Regen und ganz trocken;
Sonne schien ihm auf den Bauch,
auf die Schläfenbeine auch,
konnte sich nun frei bewegen,
auch zu fremden Damen legen.

Doch zunächst wollt' er – verständlich –
andere Klamotten endlich.
In Tyrins gab's grad Gerauf,
weil dort Sommerschlußverkauf.

Herakles war auch gleich da,
drängte rein zu C & A,
machte sich – wie Menschenaffen –
an den Wühltischen zu schaffen,
riß sich hastig dort vom Leib
alles, was er trug vom Weib,

steckte wieder seine Hoden –
so wie einst – in Herrenmoden,
kaufte sich zum Beispiel schnell
ein ganz neues Löwenfell,
teils aus Kammgarn, teils Viskose,
was gut wärmt – auch bei Arthrose,
mit 'nem modisch weiten Schnitt
abwaschbar, sogar im Schritt,
und erstand in großer Eile
eine nagelneue Keule,
wetterfest, kunststoffbeschichtet,
wie das Feuilleton berichtet.

Es geht nichts über solch gute
altbewährte Attribute!

Und – mit Hilfe seiner Waden
schritt er aus zu neuen Taten,
blieb bis heut' – mit strengen Riten –
Schutzpatron der Transvestiten.

Homerisches Gelächter

Als sich Homer mit einem Griffel an der Nase rieb
und dann – trotz eines leichten Ileus – die Ilias schrieb,

und literarisch schuf sein denkwürdiges Chaos
aus Agamemnon, Nestor, Ajax, Menelaos,

Odysseus, Helena, Kassandras warnend Worten,
Achill, Patroklos, Paris und Konsorten,

da griff zum Becher rasch und zecht er,
brach aus dann in: homerisches Gelächter.

Als später ihn gelehrte Wasserköpfe lasen,
verstopfte Harnstein die erregten Blasen.

Auch Heinrich Schliemann mußt zur Charité
mit einem Bandwurm in Schicht VII b.

In humanistischen Gymnasien droschen Pädagogen
das Stroh, das ehrfurchtsvoll durch den Kakao gezogen,

die Schüler trieb bei näh'rem Hinsehn
zu Hysterie und unbedarftem Grinsen!

Dreitausend Jahre hielt das Abendland das aus,
und aller Staub, der so entstand daraus,

hat uns berieselt und die Schleimhaut inkrustriert,
hat selbst Debile leicht hellenisiert,

Garderobe-Frauen in den Kunstmuseen
wurden nach kurzer Zeit schon schizophren,

bis schließlich heut' Homer'sche Epen – auch bei Türken –
Blut im Stuhl und Hausstauballergie bewirken.

Kalypso

Bei meinen engeren Verwandten
spricht man nur selten von Atlanten,
obgleich der Atlas, wie Ihr wißt,
als Shell-Atlas verbreitet ist,
und – auf den Schultern unentwegt
den unhandlichen Globus trägt,
sich ferner als Gebirge sonnt
hinter Marokkos Horizont.

Ansonst ist nur unter der Hand
bei Esoterikern vielleicht bekannt,
womöglich auch bei Romanisten
diversen Rätselfeteschisten,
bei Reiseführern, Leitfossilen
bei Bücherwürmern, Druckventilen,
daß Atlas, wie auch ich jetzt las,
ein kleines Töchterlein besaß,
das während ihrer Pubertät
von Pickelbeeten übersät
die Fingernägel lautstark kaute
und fromme Wünsche in sich staute,
doch dann – dank hormoneller Schübe
zum Weib gedieh, das reif für Liebe,
mit Vorzügen so ausgestattet
(daß jede Frau vor Neid erplattet),
im Arm von Männern lodernd glühte
und bei der Paarung Funken sprühte.

Besagte Dame – eo ipso –
war also unsere Kalypso.

Sie lebte tatendurstig weiland
auf einem hübsch geleg'nen Eiland.
Ogygia – hieß es – das im Bogen
von Charter-Jumbos angeflogen,

weil man genoß dort Liberté
im Club von Mediterrané.

Die Atlas-Tochter hatte Spaß
täglich umspült von Badedas.
Denn die Kalypso meistens dastand
hier an Ogygias FKK-Strand,
wo sie auch hin und wieder – husch –
ihr Feigenblatt im Meerschaum wusch,
in sensationslüsternem Drang
die Bild-Zeitung mit Hast verschlang,
dann hinter Dünen sich verschanzte
und ausdauernd Kalypso tanzte,
wonach erschöpft die liebe Gute
auf einem Algenteppich ruhte.

Das war Kalypsos Tätigkeit,
wenn keine Männer weit und breit.
Tauchte ein Jüngling auf im Meer,
dann pflegte sie mit ihm Verkehr.

Schon näherte sich als Besuch
Odysseus ihr – sie sagte: „Huch!“,
denn der Odyss’, der havariert,
hat sie sehr unkeusch gleich berührt,
an welch Partien und Gelenken,
kann man sich mühelos schon denken.

Es soll nicht näher sein beschrieben,
was sie im einzelnen getrieben,
in welchem Rhythmus sie sich wiegten,
in welchen Posen sich vergnügten,
das wär – weiß Gott – nicht grade schicklich –
doch für Kalypso war’s erquicklich.

Drum keuchte sie zu guter Letzt,
als er beinah schon fortgewetzt:

„Odysseus, Liebling, bitte bleib,
Du bist mein schönster Zeitvertreib,
ich biete Dir bei Hitz und Frost
schönes Logis und heiße Kost,
ich zahl auch weit über Tarif
Vergütungen, falls Du aktiv,
zuzüglich Weihnachtsgeld in Masse,
nebst Beiträgen für Krankenkasse,
Pflegeversicherung auch endlich
und Beischlaf-Prämien – selbverständlich.

Und wenn Du Dich darüber freust
und dauerhaft mich gut betreust,
dann mach ich Dich – der leicht verderblich
göttergleich, das heißt unsterblich.

Wie wunderbar – ist selbst Idiot sein,
wenn man nur weiß, man wird nie tot sein!
Odysseus ist der Jahre sieben
bei der Kalypso drum geblieben.
Man sah sie wochenlang poussieren,
auch gingen sie sehr viel spazieren.

Er schob zuweilen ohne Klagen
im Supermarkt den Einkaufswagen,
ins Kino zogen sie sehr häufig,
wenn sie nicht grade wieder läufig.

Er trimmte manchmal seine Kräfte,
sie las derweilen Comic-Hefte;
er war ein Fan von Fußballmatchen,
sie kochte derweil Mus von Zwetschen.

Doch eines Tags der Kamm ihm schwoll,
Odysseus hatte Nase voll.

Zerstochen, der er war von Wanzen,
erschöpft von dem Kalypso-Tanzen,
begann ihn Sehnsucht zu verbrennen,
er fing vor Heimweh an zu flennen,
baute ein Floß mit Müh und Schwitzen
und ließ Kalypso einfach sitzen,
dieweil man ihn fortsegeln sah –
mit Blähungen – gen Ithaka,
in die Arme seiner Gattin.
Sie hat's geschafft – beim Zeus – sie hat ihn!

So endete nun – eo ipso –
sein Abenteuer mit Kalypso.

Die Kentauren

Eigentlich muß man Kentauren
wegen ihres Leibs bedauren.
Denn ihr Leben ist erschwert,
weil halb Mensch und auch halb Pferd.

Mensch sind sie, das muß man loben,
überwiegend vorn und oben,
also Schädel, Nacken, Bauch,
Leistenbruch – und Nabel auch.

Wandert man von dort zu Tale
abwärts, Richtung Genitale,
kaum sechs Handbreit überm Knie
da beginnt die Fehlregie.

Unter der humanen Lende
ist der Mensch – abrupt – zu Ende,
wird – was Homophile stört –
der Kentaur ganz plötzlich Pferd.

Wenn Du an nichts Böses denkst
stehn da Beine wie vom Hengst,
die ganz scharf aufs Galoppieren,
nicht gewohnt sind das Flanieren.

Die Kentauren kaum frohlocken,
denn sie brauchen stets vier Socken,
und desgleichen auch bei Ruhe
lebenslänglich zwei Paar Schuhe.

Wenn Kentauren barfuß gehen,
denkt man gleich: Wo sind die Zehen?
Oft hört man erstaunte Rufe:
„Schau, die Füße haben – Hufe!“,

womit der Kentaur gern tritt,
wenn er Juckreiz spürt im Schritt.
Der Kentaur, trotz Huf und Fell,
gilt als – intellektuell.

Doch sein Hintern – ist gewaltig,
muskulös und mißgestaltig.
Man kann sagen, überspitzt,
daß er einen – Arsch – besitzt.

Solcherlei Mensch-Pferd-Synthese
liefert auch natürlich Späße.
Will der Mensch mal Wasser lassen,
tut's dem Pferd er überlassen,
das dabei ganz ungehemmt
Bürgersteige überschwemmt.

Steckt der Dickdarm voll Melasse
fallen Äpfel auf die Gasse.
Diese sammelte Ernst Jünger
immer gern als Rosendünger,
während and're Literaten
Gülle-Gülle oft verspaten.

Echte Sorgen uns bereitet,
wie sich ein Kentaur bekleidet.
Nie Probleme er da hatte
mit dem Hemd und mit Krawatte.

Auch ein Käppi oder Hut
steht dem Pferdemenschen gut.
Was er aber nie begreift:
Wenn er Hosen überstreift,
passen in das Hosenbein
nur die Vorderhufe rein.

Schwanz und Hintern, wie vertrackt
bleiben draußen, stehen nackt! –

was dem Mensch, der hierin kleinlich,
unerträglich oft – und peinlich.

Also sind doch die Prognosen:
Der Kentaur braucht zwei Paar Hosen,
ein Paar vorne, ein Paar hinten.
Doch wie soll man Gürtel binden?

Und – die Lage scheint verfahren,
will der Mensch sich einmal paaren,
denn er hat – so will es scheinen –
nichts zwischen den Vorder-Beinen,
scheint in voller Blüte leiblich,
weder männlich, auch nicht weiblich.
Schamhaar ist da nicht vorhanden,
wie bei Onkeln oder Tanten.
Jeder Amtsarzt wird da blaß,
und stellt fest: Da fehlt doch was!

Zwischen Mensch und Pferd entstand
hier ein echtes Niemandsland.
Aber hinten, an dem Gäulchen,
gibt es schon die edlen Teilchen.

Klar erkennbar ist die Blöße,
imposant – in Übergröße,
womit ausdrücklich bestätigt:
Fortpflanzung das Pferd erledigt.
Vorn der Herr dient fremden Damen
nur noch für Kontaktaufnahmen.

Unausweichlich – der Konflikt,
der Kentauren dann – bedrückt.
Hat der Mannsleib oben vorn
irgendwann sein Herz verlor'n
an die Schönheit einer Frau
mit subtilem Körperbau,

darf sein Membrum – welch Entsetzen –
sich doch nur an Stuten wetzen.

Sodomie, Gott sei's geklagt,
ist in Sodom nur gefragt.
Seit Frau Lot und ihrer Qual
sind wir lot-recht – und normal!
Man versteht den Ernst der Lage,
Sex – kommt also kaum in Frage!

Schlimmer noch als das Verkehren
ist der Wirrwarr beim Gebären.
Stuten aus gesunden Gründen,
wollen Fohlen nur entbinden,
weil sie, was wir Babys nennen,
überhaupt nicht wickeln können.

Der Kentaur, der kühne Wilde
ist ein seltsames Gebilde,
dessen Dasein eher bitter,
zwielichtig – wie meist beim Zwitter.

Wenn der Mensch in Kirche singt,
kann ein Pferd das nur bedingt,
weil mit seinem Maul tagtäglich
nur ein lautes Wiehern möglich.

Stehn Kentauren auf der Weide
fehlt die ungetrübte Freude,
weil der Mensch, der vorne ist,
gar nicht gerne Gräser frißt,
und zumal – wenn noch ein Graf er,
Ekel hegt – vor rohem Hafer,
dann von Putenschnitzeln schwärmt.
Drum ist der Kentaur verhärmt.

Wer beschreibt nun sein Entsetzen,
will er sich ins Auto setzen,

muß den Sitz zum Fahrzeug-Führen
vorn, beim Lenkrad, abmontieren,
weil doch seines Hintern Last
nur auf einen Rücksitz paßt.

Kommt dann Polizei-Kontrolle
hat man meist sich in der Wolle.
Starr sind die Verkehrsvorschriften,
die uns Paragraphen stiften.

Ordnungshüter hier nun wüten,
sie verstehen nichts von Mythen,
war'n zur Schule nie gekommen,
als Kentauren durchgenommen,
lassen die – meist ohne Spaßen –
phantasielos Tüten-Blasen,

sind dann andrerseits betroffen,
wenn Kentauren nicht besoffen,
sondern ernst und nüchtern gucken,
wobei sie am Zaumzeug rucken.

Doch ein Umstand ist erfreulich
und genehmigt polizeilich:
Der Kentaur hat das Vermögen,
am Piano Kunst zu pflegen.
Denn er hat am Vorder-Ende
seiner Oberarme: Hände.

Man kennt viele Organisten,
Harfenspieler und Flötisten,
die, als klasse Virtuosen
in die Zugposaunen stoßen,
und – was ich nun ernst verkünd' –
allesamt Kentauren sind!

Man merkt's erst, wenn diese Narren
hinten mit den Hufen scharren,
und sich der Konzertsaal wundert,
selbst in unserem Jahrhundert.

Ja, Kentauren sind echt komisch,
ganz besonders anatomisch.
Ja, als ein Kentaur-Bohème,
hätt ich sicher ein Problem!

Die Nymphe Kyane

– Eine sizilianische Story –

Kyane stand in Syrakus
am Herd und kochte Feigenmus.

In Küchen sie sich gern verschanzte,
wenn sie nicht spielte oder tanzte,
und nicht benötigt worden is
im Troß der Göttin Arte-Miß,
wo sie einst schicke Nymphe war
mit Moos und Seetang in dem Haar.

Sie überbackte grad mit Käse
die Cozze alla Messinese
und bruzzelte dann eine fesche
Zuppa, die ganz voller pesce,
nebst Risotto, und Couscous,
und, wie gesagt: ihr Feigenmus.

Einst knetete ihr am Filet
die liebliche Persephone,
mit der sie eng befreundet war,
durch viel Symposien in der Bar.

Es pflückten die Gespielinnen
Bandwürmer aus dem Fleisch nebst Finnen,
um dann den wackeren Satyrn
ein Abendmahl draus zu servier'n,
und haben nebenher beim Reden
auch Küchenschaben plattgetreten.

Doch kann die Frömmste ohne Beben
nicht immerfort in Frieden leben.

Denn – plötzlich kam der böse Hades,
ein Lump und Freund Marquis de Sades

und wollt Persephone, die zarte,
die grad in eine Schüssel starrte
plump vertraulich erst berühren,
dann packen und – sogar entführen!!

Kyane sah die Schweinerei,
wie Furien stürzte sie herbei
und hieb dem Hades einen Topf
voller Spaghetti auf den Kopf,
der, frisch vom Herd, auf dem sie brühte,
noch heiß war und wie Lava glühte.

Schon zischte die Tomatensoße
dem Hades über Hemd und Hose.
Benommen stand der arge Wicht,
die Pasta raubte ihm die Sicht.

Kaum konnt' er mit den Augen klimpern,
denn zäher Teig hing an den Wimpern.
Ein Knoblauchzeh war unzerteilt
im Nasenloch ihm festgekeilt.

Sobald er nur daran gerieben
drückte das Ding auf die Polypen,
quoll auf und fing ihn an zu quälen.
Schon bogen sich die Nebenhöhlen,
der Vollbart war wie Matsch so weich,
sein Oberleder schreckensbleich.

Und weil er bei dem Schlag gezuckt,
hat er auch sein Gebiß verschluckt!
Und schmerzhaft die Kalotte klaffte,
ein Riß ihm dort zu schaffen machte.

Der Liquor floß aufs Paviment.
Er schrie vor Zorn: „Sternsakrament!
Porca miseria, Kruzitürken!
Zur Strafe sollt man Dich erwürgen!“

Ließ dann trotz seiner Schädelspalten –
weil's Sonntag war – doch Gnade walten,
hat nur Kyane, auf der Stelle
verhext in eine blaue Quelle,
wie's auch ihr Name ja besagt,
sofern man etwa danach fragt.

Dann schleppte er, trotz Riß im Hirn
Persephone, die arme Dirn,
die ihm im Arm hing keusch und schlapp
in seine Unterwelt hinab.

Selbst Herr Ovid nichts davon schrieb,
was Hades mit ihr unten trieb.
Ob er sie liebte – und so weiter
entzieht sich unsrer Kenntnis – leider.

Kyane sitzt seitdem recht dumpf
verzaubert im Papyrussumpf,
drei Kilometer nur per pedes
entfernt vom Grab des Archimedes
beziehungsweise – noch probater! –
vom alten griechischen Theater.

Kaum ein Tourist in Syrakus
denkt heut an sie – beim Feigen-Mus.
Ich aber schon, weil's mich bewegt
und meine Stirn in Falten legt,
meiner Vergeßlichkeit zum Trotze
auch wenn ich nach der Cozze – kotze!

Leda und der Schwan

„Leda“, sprach die Frau Mama,
„ich geh aus und Du bleibst da.
Sei hübsch fromm und möglichst keusch,
reize nicht Dein zartes Fleisch,
lies mir nicht in lustverschmierten
und obszönen Illustrierten,
schaue bitte niemals nie
in den PLAYBOY und REVUE,
und laß keine Männer rein,
denn Du weißt, die sind gemein,
weil sie nur das eine wollen,
was sie eigentlich nicht sollen,
wollen Frauen nur verführen
oder unsittlich berühren.
Zwecks Vermeidung solcher Possen
halt die Haustür gut verschlossen!“

Sprach’s und macht sich auf die Beine.
Leda blieb im Haus alleine,
hat im Zimmer rumgewühlt,
auch mit Streichhölzern gespielt,
las erst ein Traktat von Hegel,
färbte sich die Fingernägel,
hat sich danach Glied für Glied
mit Intimspray eingesprüht,
wie Mama, bevor sie ausging,
und zu einem Onkel Klaus ging.

Leda hört grad ihre Singles,
plötzlich an der Haustür klingelt’s!
Schnell tut sie an’s Guckloch sausen.
Eu-jeu-jeu! Ein Schwan steht draußen,
mit ’nem ziemlich langen Schnabel,
der hinabreicht bis zum Nabel.

Leda denkt: Das ist kein Mann,
der Dir peinlich werden kann.
Dieses ist kein Lustmolch, nein!
Nur ein Schwan. – Sie läßt ihn rein!

Weil die Leute appellieren,
man sollt lieb sein, auch zu Tieren,
holt sie prompt vor allen Dingen
für den Schwan gleich was zu trinken.
In das Sektglas heimlich tut
Leda, was für Männer gut,
so wie's Mama routiniert
in die Supp' von Papa rührt. –
Und das ist – Ihr wißt es schon –
Di-Methyl-Testosteron,
weil der Papa schon senil ist,
ohne Pep und Sex-Appeal ist.

Als der Schwan das Zeug geschluckt,
hat er aus der Wäsch' geguckt,
teils natürlich, also schwänlich,
teils wie Basedow persönlich,
denn die Bulbi traten lüstern
vor die Orbitae mit Knistern,
wobei ihm noch vor Begierde
sich der Kropf leicht erigierte.

Leda dachte: Ach wie nett,
eigentlich muß ich ins Bett,
wie's die Mama ja verlangte,
die beim Weggehn um mich bangte.

Also zog sie sich – o Graus! –
all ihre Klamotten aus,
stand bekleidet schließlich nur
da – mit ihrer Armbanduhr,
nahm ins Bett – ich's nicht begreif schier –
sich den fremden Schwan als Steif-Tier,

hat ihn ohne arge List
auf den Schnabel lieb geküßt,
schmiegte sich an sein Gefieder,
sagte – vor dem Schluß der Lider:
„Schön, daß wir uns beide trafen,
doch – jetzt woll'n wir erst mal schlafen!"

Nun, der Schwan, von dem sie dachte,
daß er pennen würde, machte
das, was selbst der alte Goethe,
falls er heut' noch lebte, täte,
hat das Kind – es mochte zetern –
sehr gekitzelt mit den Federn.

Und der Leser nunmehr ahnt,
was der Leda nie geschwant.
Als die Mutter, die vom Sport
heimkam, war der Schwan schon fort.
Fräulein Leda brauchte leider
wenig später Umstandskleider!

Der geschundene Marsyas

Marsyas' Schicksal tat tief mich berühren.
Er gehörte in Phrygien zu jenen Satyren,
die fröhlich herumstanden, sich amüsierten,
Weinschläuche leerten, und dann – musizierten.

Einst fand er am Boden – es klingt etwas blöde –
eine fast neue und bildhübsche Flöte,
die sich Athene selbst mal geschnitzt,
und drauf geflötet, denn sie war gewitzt.
Doch als sie den Göttern ein Liedchen drauf spielte
und beifallheischend um sich nun schielte,
da sah sie die anderen fürchterlich lachen
und war sehr erbost – was war da zu machen ?

Sie wollte jetzt wissen genaustens Bescheid,
was wohl der Grund dieser Heiterkeit.
Drum trat sie an einen Wasserspiegel,
der vor ihr glänzte – in einem Tiegel,
blickte hinunter, gespannt und in Rage,
betrachtete scharf ihre eig'ne Visage,
führte die Flöte dann an ihre Lippen
und blies so laut, daß ihr knackten die Rippen.
Sie sah, daß ihr Mund, der sonst ganz ohne Härte,
sich fürchterlich komisch beim Flöten verzerrte,
und daß die zwei Backen im Gesicht – wirkten so
wie ihre zwei Backen – hinten am Po.

Drum warf sie verärgert – geschockt und vor Schreck –
die Flöte im hohen Bogen weit weg,
und verfluchte im voraus alle Flötisten,
falls jene zu flöten einmal drauf wüßten.

Da kam – wie gesagt – der Marsyas vorbei,
hob jene Flöte auf, sagte: „Au wei,
das Ding ist so hübsch und erzeugt nette Töne,
ich denke, daß ich mich ans Spielen gewöhne."

Und wahrlich, er blies schon nach kurzem Bemühen
die schönsten der klassischen Melodien.
Er spielte Franz Schubert, Glenn Miller – und Haydn,
auch „Hänschen klein“, denn das machte ihm Freuden,
blies Pergolesi, umrauscht von Applaus,
auch einen Schnadahüpferl von Strauss.

Das hörten die andern Satyre frohlockend,
die unserm Marsyas zu Füßen grad hockend.
Und sagten ihm glatt, denn sie war'n wie von Sinnen,
„Du mußt mit Apoll einen Wettstreit beginnen;
der spielt zwar die Leier, das ist ziemlich schwer,
doch Du – auf der Flöte – spielst besser wie der.“

Doch niemand wußte – Sternsakrament –
daß Athene verflucht hatte dies Instrument.
Gesagt, getan, der Maryas – wie toll –
forderte raus den großen Apoll,
er flüsterte keck ihm: „Du alte Flasche,
ich – mit der Flöte – steck Dich in die Tasche!“

Apoll war stocksauer – und setzte auf Sieg,
denn er galt als unschlagbarer Gott der Musik.
Und so kämpften sie beide bald ganz ungeheuer:
Marsyas mit Flöte – gegen Apoll mit der Leier.

Apoll stellte vorher der Kampfrichter-Leitung
eine Bedingung – nach der Entscheidung:
der, der gewinnt – sprach ernst er und still –
darf mit dem anderen – tun, was er will.
Als Jury nahm man – mit bebendem Busen –
die musisch geschulten lieblichen Musen.

Apoll spielte leiernd – feingliedrig sachte
den „Flohwalzer“ erst, dann – Beethovens Achte.
Der Maryas flötete nun „Wiener Blut“,
dann Händels „Messias“ – zum Schluß „In the mood“.

Die Halbzeit kam im Streit der Genannten,
den die Musen als unentschieden empfanden.
Sie konnten die beiden himmelhoch loben,
erbaten jedoch – noch weitere Proben.

Apoll griff nun plötzlich in das Geschick
mit einem ganz hinterhältigen Trick.
Er rief zu dem Marsyas, dem Flöteumkrallten,
sie sollten fortan alles umgekehrt halten,
denn es klänge aparter doch jedes Gerät,
wenn es zur Abwechslung einmal verdreht,
und daß dann die Leier – verdreht wie die Flöte –
den Musen bess're Kriterien böte.

Marsyas nickte und spielte gleich los,
denn sein Schädel war dick – doch sein Hirn nicht sehr groß.
Er ahnte noch nicht – geschwächt von Demenzen –
worauf es hinauslief – samt Konsequenzen.

Drum – als er die Flöte aus nämlichem Grund
umgekehrt preßte an seinen Mund
und wollte von Liszt den „Liebestraum" spielen,
konnt' er die Löcher der Flöte nicht fühlen.

Er blies in das Fußende – da gab es Staus –
das Mundstück war unten, drum kam da nichts raus –
nur – entfuhr ihm – infolge der dummen Verdrehung
beim angestrengt Blasen – jäh – eine Blähung.

Die Musen, die vorher begeistert, in Flammen,
zuckten hierauf – betroffen zusammen.
Solch dumpfer Ton, riefen sie theatralisch
sei – animalisch und – unmusikalisch.

Kaum noch Beifall, fort die Ekstase,
außerdem rümpften sie sämtlich die Nase,
als sie des Marsyas Flatus gerochen,
der in die Jury langsam gekrochen.

Apoll aber griff – statt von rechts, jetzt von links
in die Saiten der Leier. Auch dieses Mal ging's,
und zupfte lässig – ganz wunderschön
die „Appassionata" – dann „Lili Marleen",
ferner ein Rondo, einfühlsam flach,
aus der „Wohltemperierten Leier" von Bach.

Zum Schluß – das war bei Olympiern noch nie da –
den ganzen „Triumphmarsch" aus der Aida.
Die Musen war'n der Begeisterung voll.
Ihr Urteil stand fest, ihr Sieger: Apoll!

Marsyas, der anfangs im Spiel so verwegen
war durch Athenes Fluch unterlegen.
Und während noch unser Verlierer schmollte,
tat nun der Apoll – mit ihm –, was er wollte.

Er hängte den Marsyas – eine üble Geschichte! –
gefesselt an eine knorrige Fichte,
griff sich ein Messer, das längst vorbereitet,
und hat den Marsyas – lebendig – gehäutet,
mitsamt allen Warzen, Falten und Pickeln,
ritsche-ratsch – wie bei Kanickeln,
und zog dem Satyr, der den Wettkampf verloren,
aus Rache das Trommelfell über die Ohren.

Das war von Apoll, der immer so smart
nicht die – ganz feine – englische Art,
for this is a case – and a horrible special
concerning – Amnesty International.

Medea

Medea war Tochter des Königs von Kolchis,
was bei Bücherwürmern bekannt ist als solches.
Den Alten erschien sie als Femme fatal,
weil voller Intrigen, die schlimm und letal.

Seit ihr Ehemann Jason sie schändlich betrogen,
war sie allem, was männlich, nicht sehr gewogen.
Dabei hat das Verhältnis so fröhlich begonnen,
mit Flirts, Verliebtsein, hautnahen Wonnen.

Zum Hochzeitstag schenkte der Jason Medea,
zur Pflege der Haut ein Fäßchen Nivea,
ein Persianer-Jäckchen aus Bisamratte,
die der Aldi im Sonderangebot hatte,
den „Großen Brockhaus", zwölftausend Seiten,
und 'ne Gartenschere, zum Fußnägelschneiden.

Sie gab ihm hierauf – einen Nachtstopf aus Platin
und dazu den dringend benötigten Rat, ihn
nicht am Morgen, wenn Pendler verkehren,
unkontrolliert aus dem Fenster zu leeren.

Und dann hat sie ihm – laut Expertisen –
das Bad neu gekachelt mit Goldenen Vliesen,
und alles getan, was von Lust für den Molch is,
auf ihrer Matratze im prachtvollen Kolchis.

Doch nur Wochen später, da gähnte er müde,
sprang nicht mehr an, war völlig frigide,
empfand es als unzumutbare Strafen,
immer mit – derselben zu schlafen.

Drum frönte er nun mit viel Energie
dem unguten Spiel der Polygamie.
So kam es, daß Jason, dieser Rabauke
auf Tuchfühlung ging mit einer Frau Glauke.

Er hatte sie kennengelernt in Korinth,
bei einer Magnum-Flasche Absinth,
wonach er dieselbe, was der sehr behagte,
von einem Orgasmus zum anderen jagte.

Das sah nun Medea mit großem Verdruß
und dachte verbittert: „Damit ist Schluß!
Ich werd' Euch vergällen die Lust an dem Rammeln,
Ich mache Euch fertig – und laß Euch vergammeln."
Sie schickte der Glauke, weil sie so erbost,
ein schickes Kleidchen, als Päckchen, per Post.
Die Glauke dachte, da schwach bei Verstand,
das Päckchen wäre – vom Otto-Versand,
frohlockte heftig, jauchzte – und dann
zog sie die Ware zur Probe gleich an.

Der Fummel aus Latex saß sexy und stramm,
sowohl im Schritt, als auch über'm Damm.
Scharf dünkten nun bei der kleinen Kanaille
Ausschnitte, Einblicke, Schenkel und Taille.
Sie wirkte auf Jason, der etwas idiotisch,
nervenaufpeitschend und äußerst erotisch.

Doch kaum glitt das Kleid ihr über die Haut,
hat's furchtbar gejuckt, sie stöhnte ganz laut.
Medea hatte, vom Wahn inspiriert,
das Kleidchen mit Arglist speziell präpariert.

Glauke schrie auf, ihr Kleid stand in Flammen,
schon war sie flambiert – Korinth lief zusammen.
Doch da ein Löschgerät damals nicht üblich,
endete dieser Vorfall betrüblich,
das Feuer raste von Masche zu Masche,
und Glauke war bald – ein Häuflein aus Asche.

Medea grinste, was übel war – leider –
und wütete Rache sinnend noch weiter.
Ihre nächsten Opfer war'n Freunde und Gönner,
Verwandte, Bekannte, aber ausschließlich Männer.
Sie tötete gleich mal die eig'nen zwei Knäblein,
die einst ihr verbunden über das Näblein.

Sie lynchte den Schwager, kastrierte den Kater,
erdrosselte auch den Herrn Schwiegervater,
verhexte dann Jasons treue Gefährten,
schnitt ihnen ab, womit sie sich vermehrten,
so daß ein Gebrüll aus Wohnungen hallte
und manch ein Eunuch die Fausthandschuh' ballte.

Man wußte genau, Medea von Kolchis,
hatte ein Strumpfband, wo immer ein Dolch is.
Und wenn die Männer nicht gleich gingen stiften,
begann Medea sie flugs zu vergiften,
weil sie den Kerlen Tollkirschen kochte,
und zwang sie zum Naschen, auch wenn's keiner mochte.

Sobald dann ein Opfer keuchend und bleich war –
und Notarzt-Versorgung dort nicht erreichbar –
tot sank zu Boden, schwerelos locker,
oder geräuschvoll-krachend vom Hocker,
hat sie ihn wie 'ne Roulade umwickelt,
im Kochtopf gedünstet, tranchiert und zerstückelt.
Selbst Tantalos, der sich so schrecklich blamiert,
wirkte dagegen hochkultiviert.

Man hörte solch grauenhafte Geschichten,
daß selbst die Olympier Gänsehaut kriegten.
So gab's manchen Macho, der damals schnell hops ging,
weil dessen Hackfleisch plötzlich als Klops hing.

Und Kerle, die sie im Flirt angebandelt
hat sie in Rumpsteaks mit Pilzen verwandelt.
Regale standen bei ihr auf dem Boden
mit Einmachgläsern voll griechischer Hoden!

Da sträuben sich einem sämtliche Drüsen,
Euripides – läßt sehr befremdlich grüßen.
Nach solcher Lektüre schaudert mein Blick
und sehnt sich nach Hölderlins Lyrik zurück.
Auch Analphabeten – sind zu beneiden,
und Leser, die sich für Heinz Erhardt entscheiden.

Perseus und die Medusen

Kennen Sie eigentlich uns're Medusen,
ausgestattet mit wogendem Busen,
doch deren Anblick unglaublich gräßlich,
widerwärtig, eklig und häßlich?
Nein? Dann sind Sie ein Pilz und im Glück,
und hoffentlich sicher vor deren Blick.

Perseus, ein Jüngling und Freund von Athene,
seiner Abstammung nach auch ein Hellene,
zog einmal aus, die Medusen zu finden.
Die wohnten im Chaos, ziemlich weit hinten.
Man nannte sie häufig auch schlichtweg Gorgonen
und schlug ihren Kopf ab – bei Revolutionen.

Athene hat Perseus nämlich gebeten,
eine Meduse im Schlafe zu töten
und ihr das schreckliche Haupt abzutrennen –
eine Geschichte, die Sie bestimmt kennen.

Sie gab ihm als Rüstzeug mit auf den Weg,
den Flachmann zum Trinken, ein Privileg,
geflügelte Schuhe, die Spreizfüßen frommen,
und ziemlich wichtig für schnelles Entkommen.
Und eine Tarnkappe schließlich und endlich,
damit der Perseus etwas unkenntlich.

Ja, und noch einen praktischen Ranzen,
um dahinein den Kopf zu verpflanzen,
den er der schlimmsten aller Medusen,
abhauen sollte, knapp überm Busen.

Der Perseus flog also los in die Zonen,
wo die Medusen hauptsächlich wohnen.
Er traf sie an – man kann es verbriefen –,
als sie in ihrem Schlafzimmer schliefen.

Der Kopf der Medusen, wenn man ihn erblickt,
macht selbst den stärksten Neger verrückt.
Man wird von dem Anblick, auch wenn man lateinert,
ohne weiteren Umstand versteinert.

Das wußte der Perseus, der leicht schon am Beben.
Doch Athene hatte ihm Q-Tips gegeben.
Er kannte schon Tricks, sich wirksam zu schützen,
und konnte sich da auf Erfahrungen stützen.
Nun trat er ans Bett der einen Meduse,
öffnete lautlos ihr oben die Bluse,

drehte ihr dabei zu – nur den Rücken (!),
konnt sie jedoch im Schild gut erblicken,
der ihm diente als Spiegel zum Gucken.
So brauchte er vor Angst nicht zu zucken.

Sie hatte ein Schlappmaul, das stank fast wie Gräber,
und Hauer dadrin wie ein pestkranker Eber,
das Zahnfleisch ganz faul und die Nase voll Eiter,
die Ohren voll Schmalz, na ja – und so weiter.

Vom Kopf hingen Schlangen statt fröhlicher Locken,
und unten am Fuß klebten stinkende Socken.
Die Augen, die weit nach vorne gestielten,
waren stark blutunterlaufen und schielten.

Und neben dem Maul, aus gepickelten Drüsen,
lange Büschel von Damenbart sprießen.
Und aus dem Schlund, voll Grind und voll Krusten,
entleerte sich Haferschleim dauernd beim Husten,
wobei aus den Lefzen quoll schwärzliches Blut.
Da sträubte sich Perseus – ein wenig – der Hut.

Wer sie so ansah – selbst in Hypnose –,
machte vor Schreck sich sofort in die Hose,
und wer noch kein Nervenkostüm sich designert
der wurde vom Blick der Medusa versteinert,

war gleich aus Granit, konnt sich nicht mehr rühren,
konnte nicht lachen und nicht grimassieren,
konnte nicht essen, geschweige denn trinken,
konnte nicht mal dem Kellner kurz winken.
Und wollte man dringend mal Wasser lassen,
die Versteinerung zwang einen, 's bleiben zu lassen.

Der Perseus ging lautlos und umsichtig vor,
fast wie ein spanischer Matador.
Schnell glitt seine Sichel ihr durch die Kehle.
Da hub sie an ein ganz irres Krakeele.

Flugs schnitt er Medusas Haupt von dem Rumpf
und, weil er so stank, auch den Klumpfuß vom Strumpf,
verstaute die Beute im großen und ganzen
auf seinem Rücken, in seinem Ranzen.

Und eh sich die andern Medusen versahen,
die mit gefletschen Rachen ihm nahen,
flog er von dannen, was gut ausgeklügelt,
mit seinen Schuhen, die bestens beflügelt,
flatterte über Berge und Täler.
So hörten wir es – schon als Pennäler,
sauste auch über die Ozeanwellen,
sehr weit südlich der Dardanellen.
Plötzlich nun mußte er wirklich doch lachen,
denn zwischen Felsen saß unten ein Drachen,
der Feuer spieh und wahnsinnig fauchte,
weil er nämlich Büschel von Rothhändle rauchte.

Doch dann bemerkte er zu seinem Schrecken
neben dem Drachen ein Mägdelein stecken,
eine Jungfrau, die wirklich sehr wunderschön war,
was – weil sie nackt – auch deutlich zu sehn war.

Sie lehnte vom Drachen an Felsen gekettet,
und wartete drauf, daß jemand sie rettet.

Der Perseus bremste, geschüttelt von Graus
und fuhr sofort sein Fahrgestell aus.

Er konnte ’ne sichere Bauchlandung machen
genau vor den Füßen vom grimmigen Drachen,
machte behende den Rucksack jetzt auf.
Der Kopf der Medusa war noch wohlauf.
Er zog ihn hervor mit höhnischem Lachen
und zeigte die Fratze dem staunenden Drachen.

Prompt war der Drachen entsetzt und versteinert.
Da hat ihn der Perseus mit Sägen zerkleinert.
Die Jungfrau jauchzte, er löste die Ketten
und gab ihr ein paar Beruhigungstabletten.

Dann suchten sie sich, was sehr originell,
am Strand ein hübsches und saub’res Hotel,
mit Meerblick und fließendem Kölnisch-Wasser,
(darin machte Urlaub einst der Verfasser)
und legten sich dort – laut einem Ondit –
nach kurzem Duschen in ein Grandlit.

Nun waren beide, nachdem sie geprobt,
nicht nur verliebt, sondern richtig verlobt.
Später am Abend, etwa um acht,
hab’n sie Athene die Gorgo gebracht.

Athene hat froh „EFCHARISTO“ gestammelt,
weil sie zu Hause Schrumpfköpfe sammelt.
Sie klebte die Gorgo auch dieserhalben
mit Pattex-spezial in eins ihrer Alben.

Andromeda hieß übrigens unsere Kleine.
Sie hatte auffallend reizvolle Beine.
Der Perseus starb später, er trank zuviel Kümmel.
Sie – sitzt jetzt als Rentner und Sternbild am Himmel.

König Midas

An seiner Hausbar einst in Phrygien
nahm König Midas grad ein Schlückchen,
ob's Cognac war, ob's nur Likör –
das weiß heut' leider niemand mehr.
Nur eines ist – da süffisant –
den Mythologen wohlbekannt:

Es tönte draußen wild Geschrei,
als wenn dort los die Hölle sei.
Ein sturzbetrunkener Silen,
sehr ungepflegt, schlimm anzusehn,
erbrach im Schwall seinen Ballast
am Hauptportal von dem Palast.

Der König eilte flugs herbei,
besichtigte die Sauerei.
Was sollt er bei dem Anblick machen?
Erst schimpfte er, dann mußt' er lachen!

Und als beendet das Gelächter,
sprach er zu seinem Leibeswächter –
gelehnt an des Palastes Eck:
„Putz diesen Schweinkram gleich mal weg,
sonst kommen Gäste mir ins Haus
und rutschen auf dem Matsch da aus."

Dann packte er sich den Silen –
der konnte kaum noch grade stehn –
und zerrte ihn, denn er war rührig,
in seinen Thronsaal – das war schwierig,
griff dort ins Erste-Hilfe-Näpfchen
und gab ihm schnell ein Vomex-Zäpfchen.

Sofort verschwand bei dem Silen
der Brechreiz, er konnt' wieder steh'n

und lächelte ein wenig schüchtern.
Sein Atem roch beinahe nüchtern.

Beschwingt tat er dem König winken:
„Ei – gebb mer doch ebbes zu trinken!"
Der stieg mit ihm auf steiler Leiter
in finstere Gewölbe weiter.
Sie zechten dort diverse Runden
in Kellern zwischen Fässern unten.

Dann machte Midas etwas Schlau's:
Er schleppte den Silen nach Haus.
Der wohnte bei Dionysos
gleich vorne links im Erdgeschoß.

Dionysos – wie delikat –
war Chef vom Rauschgift-Dezernat.
In seinem Haus – schwer zu begreifen –
flogen herum die Opiumpfeifen,
Marihuana, Heroin,
auch Mondamin und Aspirin.
Er stellte – die von Koks schon dumm –
auf Spiritus und Branntwein um.

Nun saß er zwischen den Mänaden
grad in der Wanne, war am Baden,
die seiften ihm das Gänseklein,
auch Bauch und Lungenflügel ein.

Dionysos rief hocherfreut:
„Ja – der Silen! – Du liebe Zeit!
Wie hab' ich diesen Kerl vermißt,
der endlich wieder bei uns ist.
Er war so viele Stunden weg,
Welch Überraschung – welch Comeback!
Dem Midas", rief er, mit Radau,
„Ein dreifach donnerndes HELAU!"

Als Dank für dessen edle Tat
sprach er zu Phrygiens König grad:
„Du kannst Dir etwas Schönes wünschen,
entweder einen Flug nach München
zum Sauf-Exzess Oktoberfest,
’nen Ausflug zum Mount Everest,
ein Auto, das Dir gut gefällt –
oder den Zopf vom Lagerfeld.
Egal, wonach es Dich gelüstet,
das wird erfüllt – ich bin gerüstet!“

Der Midas rief verzückt und hold:
„Ich wünsch, daß alles wird zu Gold,
was immer ich ab heut’ berühre,
woran ich greif, wohin ich stiere!“
Dionysos entgegnet knapp:
„O bitte sehr!“ und „Fertig – ab!“

Der Midas wollt zu Abend speisen,
in heiße Kringel Fleischwurst beißen,
da war die Wurst, die vor ihm lag,
aus purem Gold – ganz plötzlich – zack!!
Der Midas schimpfte in der Freß-Bar,
weil diese Goldwurst nicht mehr eßbar.

Zum Kühlschrank stürzte er voll Gier,
holte hervor ein Fläschchen Bier.
Schwupp – wie er das hervorgeholt,
war auch das Bier – massives Gold!

Genau das gleiche – ach wie schad’ –
geschah mit seinem Obstsalat,
den er sich ließ als Nachtisch reichen,
um seinen Stuhlgang zu erweichen.

Kaum hat im Mund er saure Dropse,
Peng – war’n die Dinger goldne Klopse!

Er langte nach dem Kaviar,
der umgehend ein Goldbarsch war.
Doch dieser schmeckte nicht erbaulich
und war für Midas unverdaulich.

Da wurd' es ihm vor Angst ganz warm,
er spürte Druck auf seinem Darm
und musste auf ein Häuschen flüchten,
um ein Geschäft dort zu verrichten.

Doch was er da erleben mußt',
war sehr viel schlimmer noch als Frust:
Nach Klopapier er greifen wollt –
auch diese Rolle war aus Gold,
aus Blattgold zwar – doch hochkarätig,
was selbst für Könige nicht nötig.
Und Blattgold, das kaum Körnung hat,
ist für Hygiene – viel zu glatt.
Man rutscht, was wirklich folgenschwer,
beim Wischiwaschi hin und her.
Dem Midas blieb nur – was riskant –
aus purer Not die bloße Hand.
Und an der Hand war'n ungewollt
auch seine Exkremente Gold!

Doch weiter ging die Ironie:
Sein Zigaretten-Etui,
das Telefon, sein Fax-Gerät,
das Moped seiner Majestät –
sie waren gülden – gleichfalls – leider
und funktionierten nicht mehr weiter!
Sein Hustensaft, auch Mohrenköpfe,
Müsli-Riegel, Hosenknöpfe,
Seife, Preßkopf, Vollkorn-Brötchen,
die Brüste seiner Schreibkraft Gretchen (!),
alles wonach er gern faßte,
war pures Gold, was ihm nicht paßte!

Deoroller, Mayonnaise,
Lebertran und Hüttenkäse,
Pfanniknödel, Spalttabletten,
Hasenpfeffer, Lammkoteletten,
Rührei, Zahncreme – waren plötzlich
ebenfalls aus Gold! – Entsetzlich!

Der Midas durch den Thronsaal lief
und wurde langsam depressiv.
Das Gold war ihm schon Höllenqual.
Die Lage echt katastrophal.

Er schlich geknickt, mit irrem Blick,
nun zu Dionysos zurück
und sprach zum Weingott – wie begossen:
„Hör bitte auf – mit diesen Possen!
Ich hab nur einen Wunsch – und zwar,
mach' alles, wie es früher war!"

Dionysos, nach dem Klimbim,
sprach lediglich: „Simsalabim!"
drückt am PC – kannste-was-haste –
versehentlich die falsche Taste.
Des Midas' sämtliche Regalien –
war'n nicht mehr Gold – sondern – Fäkalien.
Und auf der Pressekonferenz
roch es massiv nach Pestilenz.

Der Midas war dem Wahnsinn nah,
er wußte nicht, wie ihm geschah.
Und wie er sich da echauffierte
und beim Olymp laut reklamierte,
er wolle die Fäkalien tauschen,
da hörte er im Himmel – Rauschen:
Ein Herold trat mit ernstem Sinn
vor unsern König Midas hin
und kündete ihm unverdrossen:
„Erneuter Umtausch – ausgeschlossen!"

Minos und Pasiphae

Minos, der alte kretische König,
hatte viel Geld, Verstand jedoch wenig.
Einst betete er vor seinen Altären
zum Meergott Poseidon, um sich zu beschweren,
er sei nun schon oft im Meere geschwommen,
doch hab' er noch nie was dafür bekommen,
und er wolle jetzt endlich von ihm – einen Stier,
wenn's ginge ein prächtiges kräftiges Tier.

Er würde es ehrfürchtig frömmelnd betrachten,
doch Poseidon zu Ehren dann – opfern und schlachten.
Poseidon dachte im Wasser im Stillen,
man könne dem Minos den Wunsch ja erfüllen.

Ein Stier tauchte auf aus dem Meer, stieg an Land,
ein Prachtexemplar, das wirklich frappant.
Sein Schritt wiegte köstlich, voll Eleganz,
vorn trug er Hörner, hinten den Schwanz.
Oben ein Stiernacken, hart fast wie Kallus,
unten der obligatorische Phallus.

„Ei“, dachte Minos, „welch ein Pläsierchen!
Solch ein phantastisch geformtes Stierchen!
Ausnahmsweis' ihn nicht schlachten ich werde,
sondern steck ihn bei mir in die Herde.“

Gesagt, getan, der Stier augenblicklich
hofierte nun Kühe und schien dabei glücklich.
Auch die Kühe empfanden als Offenbarung
den kontaktbereiten Stier bei der Paarung.

Das – hatte Poseidon jedoch nicht gewollt.
Der Stier hätte ihm geopfert gesollt!
Des Minos' Trick war ein übler Betrug,
Poseidon plädierte für Strafvollzug.

Die Königin Pasiphae, was niemand leugnet,
schien als Objekt ihm für Rache geeignet.
Die First Lady Minos' war leicht zu erregen,
war immer für Sexorgien, niemals dagegen.

Poseidon für Pasiphae deshalb verfügte,
daß sie „unnatürliche Leidenschaft" kriegte;
sie verliebte sich nämlich mit tierischer Gier
in jenen noch nicht geopferten Stier.

Der Stier hingegen, das stimmt optimistisch,
war streng orthod-ochs und nicht humanistisch.
Er pflegte gewisse geschlechtliche Mühen
nur mit Verwandten, nämlich mit Kühen,
und wollte bei diesen Prinzipien auch bleiben
und keineswegs sich an der Königin reiben.

Busen erregten noch nie seine Sinne,
beim Anblick von Eutern verfiel er in Minne,
besaß nebenher in der Schweiz – welch ein Segen –
sein auf Samenbanken erspartes Vermögen.

Die Pasiphae fragte sich anfangs mit Bangen:
„Wie still' ich am Stier nun mein irres Verlangen?"
Denn als Frau ist es schwierig, solch Vieh zu verführen
und mit Kolossen – zu kohabitieren.

Da kann man sich sehr leicht das Rückgrat zerkratzen,
die Frisur ist im Eimer, die Krampfadern platzen,
selbst Leistenbrüche als Folge sind denkbar
und Hüftgelenke sehr leicht ausrenkbar.

Deshalb möchte man ängstlichen Seelen
vorher ein Gläschen Metaxa empfehlen,
wenn's not tut auch zwei, dann wär automatisch
die starke Belastung nicht ganz so dramatisch.

Pasiphae machte sich ernsthaft Gedanken,
rieb etwas Gleitcreme auf ihre Flanken
und beauftragte Daidalos herzlich und innig
mit einem Werk, genial und auch sinnig:

Der schnitzte, obgleich ihm dabei nicht ganz wohl war,
aus Holz eine Kuh, die innen ganz hohl war.
Pasiphae stieg ein, entkleidet und lüstern.
Erwartungsfroh bebten bei ihr schon die Nüstern.

Daidalos nagelte dann ganz in Ruh'
die hölzerne Kuh – mit Pasiphae – zu.
Innen war alles mit Polstern verschalt,
von außen war sie wie ein Rindvieh bemalt.

Nur am Heck ließ Daidalos – sah man betroffen –
an seiner Holzkuh ein Guckloch, das offen,
an das sich die Pasiphae hinterrücks schmiegte,
was den Poseidon sichtlich vergnügte.

So stand das Phantom, mit dem Frauensteiß innen
vor dem stutzenden Stier – das Spiel konnt' beginnen.
Der Stier hat natürlich am Holzloch gewittert,
und sofort gemerkt, daß innen was zittert.

Da ging seine Post ab – und rasende Lust los.
Er liebte das Kunstwerk, bis er völlig bewußtlos.
Pasiphaes Begierde war nun gründlich gestillt,
Poseidons Strafe peinlichst erfüllt.
Pasiphae war schwanger am Ende vom Rennen,
gebar Minotauros, den alle ja kennen,
und wenn sie nicht starb, was gerne ich wüsste,
dann sitzt sie noch heut' in der kleidsamen Kiste.

Der Stier lag am Boden, geschüttelt von Spasmen
(man warnt nicht umsonst vor Mehrfach-Orgasmen!),
hat dann vor Erschöpfung den Geist aufgegeben,
den Spaß mit der Holzkuh bezahlt mit dem Leben.

Er weilt heute oben am Himmelsgehäus',
sitzend zur Rechten von Gottvater Zeus,
interessiert nur noch Sterngucker rein astronomisch,
komisch!

Die Musen

Tanzen Damen, bar am Busen,
durch die Auen ohne Scham
sind es höchstwahrscheinlich Musen,
die nix anzuziehen ham.

Künstler, die im Freien schaffen
und im Rausch sind kulturell,
bitten sie – trotz Zorn der Pfaffen –
nackt zu posen als Modell;

pinseln deren weiche Teile
in intimster Farbenpracht,
Füße, Bäuche, Hinterteile,
füllig, aber wohlbedacht;

portraitieren Knochen, Sehnen
samt den Polstern akkurat,
lassen Muskeln lässig dehnen,
stehend, liegend, im Spagat.

POLYHYMNIA, MELPOMENE
hüpfen durch die Ateliers,
setzen reizvoll sich in Szene,
selbst Apoll wird da nervös.

Denn er braucht besagte Damen,
die ihn göttlich inspiriern
und als fleischverzierte Rahmen
seine Wohnwelt präsentiern.

Miß THALIA und EUTERPE
räkeln kunstvoll ihren Leib,
auch TERPSICHORE, die Herbe,
schätzt dergleichen Zeitvertreib.

KLIO setzt sich flott in Pose
auf west-östlichem Diwan,
und URANIA – ohne Hose –
profiliert sich gern profan.

Dazu zupft ERATO sinnend
an dem Saiteninstrument,
was der Bücherwurm, der spinnend,
als ihr Attribut gut kennt.

Alle pampeln mit den Busen
unbefangen vor sich hin,
drum nennt man sie „Pampelmusen“
ohne jeden Hintersinn.

Ja, beim Auftrieb all der Musen,
auf Diwan, auf Fels, auf Gras
könnt’ man stundenlang da zusehn,
beim „high life“ – am Mont-Parnaß.

Orpheus und Eurydike

Wenn ich mal grübelnd tief in mich geh',
dann denk ich betrübt an Eurydike,
die ganz vereinsamt, von Würmern behandelt,
im Hades um die Kadaver rumwandelt,
nur weil Aristeios, ein dämlicher Bauer,
hinter ihr her war, voll Brunst auf der Lauer.

Er wollte der Maid mit Gewalt an die Wäsche,
weil sie eine hübsche und ausnehmend fesche.
Eurydike mochte nicht unkeusches Beisein,
sie wollt' ihrem Ehemann Orpheus stets treu sein.

Drum nahm sie vor Aristeios Reißaus,
und keuchte zu ihrem Gatten nach Haus.
Doch stolperte sie im Lauf über Stangen,
und diese entpuppten sich plötzlich als Schlangen.

Und jene gerieten in grimmige Wut,
bissen gleich zu, das Gift schoß ins Blut.
Nun war damals leider in griechischen Landen
ein rettendes Serum noch lang nicht vorhanden.

Eurydike wälzte sich wild auf der Kline,
es nervten sie heftig die Neurotoxine.
Gerade noch eben lüstern umworben,
stand sie im Hades, bleich und verstorben.

Ihr Ehemann Orpheus war ganz von den Socken,
schrie wie am Spieß, verwirrt und erschrocken.
Doch muß man zunächst diesen Orpheus beschreiben,
was er so tat, und was er ließ bleiben.

Orpheus besaß eine prächtige Leier,
an der er hübsch zupfte bei jeglicher Feier.
Und während er spielte und Tonkunst erklang,
schallte aus seinem Hals noch Gesang,

an dem sich die Griechen begeistert berauschten,
selbst Thraker, die taub war'n, aufmerksam lauschten.

Bewundernd meinte Athene, die Pallas:
„Der Orpheus ist echt eine männliche Callas."
Er sang oft so zart, daß die Felsen erweichten
und die wildesten Tiere die Pfötchen ihm reichten.

Der reißende Wolf, ein gefräßiger Schlemmer,
hüpfte im Tanz jetzt um Schafe und Lämmer,
Katzen liebkosten Amseln und Meisen,
Fische jauchzten begeistert in Reusen.

Die Maus verließ ihre engsten Verwandten
und küßte vertraulich den Elefanten,
dieweilen ihr Mäuserich sehr viel riskierte,
weil er der Katze den Rücken massierte.

Auch Löwen, im Umgang mit Vieh meist barbarisch,
wurden durchs Leierspiel streng vegetarisch,
fraßen nur Datteln und Maracuja,
brüllten dann frömmelnd leis: Hallelujah!

Die Tierwelt war durchweg zu Tränen gerührt
und durch Orpheus' Kantaten harmonisiert.
Die Stimmung war ringsum betont paradiesisch,
musisch-heiter und sehr dionysisch.

Orpheus nahm zwischendurch einen Schluck,
spielte ein Scherzo aus dem „Orpheus" von Gluck,
etliche Takte aus Strawinskys Ballett,
dann machte er Schluß – und schlurfte ins Bett.

Doch nun – wie gesagt – war Orpheus in Not,
Eurydike weg vom Fenster – und tot.
Da dachte sich Orpheus treudoof und bieder:
„Ich steig in den Hades und hol sie mir wieder."

Er ging sofort los, obgleich's nicht geheuer,
und zupfte die Saiten der prachtvollen Leier.
Kaum sah er den Charon, da sang er Balladen,
zum Beispiel: „Ich hatt' einen Kameraden."

Sofort fuhr der Fährmann den liebenden Gatten
dankbar zur Hölle, zum Reiche der Schatten.
Die Situation war zwar dort eine schlimme,
doch Orpheus sang weiter mit tapferer Stimme.

Viel tote Bekannte hielten dort Händchen
und wünschten sich alle von Orpheus ein Ständchen.
Franz Schubert stand da, in verschlissenen Höslein,
und seufzte: Spiel bitte mein „Heideröslein!"

Der Silcher erbat sich als Trost seiner Leiden
sein Liedchen: „Ich weiß nicht, was soll es bedeuten."
Und Elvis Presley verlangte auf Knien
von Orpheus ein Medley aus Rock-Melodien.

Gounod rief begeistert zu Orpheus: „Caramba!
spiel's „Ave Maria", doch möglichst als Samba.
Nur Mozart tat da die Stimmung sehr stören,
denn er wollte sein letztes Requiem hören.

Nun traf er auch Goethes Faust und das Gretchen
die wollten die Arie „Der Tod und das Mädchen";
und plötzlich ... sang das Gerippe-Gewimmel:
„Wir kommen alle, alle in den Himmel."

Die Totenschädel begannen zu grinsen,
da konnte der Orpheus vor Schaudern kaum hinseh'n.
Sie klapperten rhythmisch mit ihren Skeletten,
als wären die Knochen nur Kastagnetten.

Der Orpheus sang rastlos den toten Gesellen,
selbst Zerberos lauschte – vergaß so das Bellen,

der Tantalos klatschte erfreut wie besessen,
lachte trotz Qualen, sein Durst war vergessen,
auch Sisyphos, der im Hades zu Hause,
vergaß seinen Stein und machte kurz Pause.

Und Hades persönlich gestand infernalisch:
„Orpheus, Du bist ein Genie, musikalisch!“
Und weil Du uns alle enorm amüsierst,
indem Du hier unten so flott musizierst,
gebe ich Dir – und wünsche Euch Glück –
Eurydike, Deine Gemahlin, zurück.

Nimm sie Dir mit, verlaß’ unsre Radien,
führ sie hinauf ins schöne Arkadien;
doch während Du hochsteigst, sei nicht so dumm
und blicke Dich nicht – nach Eurydike um,
und tust Du es doch, dann auf der Stelle
hol’ ich sie irreversibel zur Hölle.

Orpheus entfloh, das ist ja ganz klar,
Eurydike folgte ihm unmittelbar.
Fast – war’n sie oben, wo wir alle leben,
also ganz kurz vor dem Diesseits eben,
ertönte ein Lärm von Auto-Motoren,
ein Hupkonzert kam dem Orpheus zu Ohren;
Bagger lärmten, es brausten Lawinen,
Hämmer klopften und Schlagbohrmaschinen,
so daß unser Orpheus jetzt gar nicht mehr hörte
Eurydikes Schritte, was ihn plötzlich störte.

Er drehte sich um, um kurz mal zu sehen,
ob sie ihm noch folgte mit Hilfe der Zehen.
Für einen Moment war er unkonzentriert:
Der Leser ist konsterniert und schockiert.

Das war wirklich dumm, auch ich finde schad’ es:
Eurydike rutschte – schwupp – in den Hades.

Orpheus war seitdem total deprimiert,
an Frauen ganz und gar uninteressiert.
Er pflegte nur Umgang mit jüngeren Männern –
nach Aussagen von entsprechenden Kennern.

Das ärgerte schließlich die thrakischen Weiber,
sie fühlten vernachlässigt all ihre Leiber,
denn Orpheus war nebenher, wie berichtet,
zum Beischlaf mit ihnen vertraglich verpflichtet.
(Man kann jene Sitten, was häufig vergessen,
nicht mit unsern heutigen Maßstäben messen.)

Drum hoben sie Weinschläuche an ihre Kehlen,
begannen im Vollrausch wüst zu krakeelen:
„Wenn Du mit dem Phallus uns nicht mehr betreust,
dann machen wir Zoff, was Du bald bereust,
und reißen Dir ab – Deine edelsten Teile
oder trennen sie los, mit Schere und Feile!"

Gesagt, getan, sie tobten verbissen,
haben den Orpheus in Stücke zerrissen,
fetzten vom Rumpf ihm erst Arme und Beinchen,
entfernten die Galle mitsamt ihren Steinchen,
weideten aus die Flügel der Lungen,
mit denen er vorher bezaubernd gesungen,
rupften dem Armen – auch die Genitalien,
als wären dieselben schlichtweg Lappalien,
trennten dann johlend im Laufe der Fete
den Kopf von dem Hals mit scharfer Machete,
kippten den ganzen Salat in das Meer,
als wenn es eine – Bouillabaisse wär'!

Das Haupt von Orpheus trieb dennoch – laut singend –
nach Lesbos ans Ufer, war aber schon stinkend.
Man grub es schnell ein nach all dem Debakel,
und daraus entstand ein berühmtes Orakel,

aus dem Orakel dann schöne Mysterien,
dort machten die Griechen vom Festland gern Ferien.
Frauen durften, noch nicht mal zum Beten
den orphischen Tempel jemals betreten,
weil Orpheus am Ende, bevor er erledigt,
sich explizit gleichgeschlechtlich betätigt.

Ausnahmen waren am lesbischen Hain
die Schwulen und Lesben, die durften hinein.
Und in den mysterischen heiligen Hallen
nisteten zahllose Nachtigallen.
Und während sie flöteten aus ihren Kehlen,
flatterten um sie die wandernden Seelen.

Soweit und so schön, doch fragt man sich heuer,
was wurde nach Orpheus' Tod – aus der Leier?
Ganz einfach, denn Zeus versetzte dieselbe
hoch an die Decke der Himmelsgewölbe.
Denn Orpheus, der von den Weibern zerrupfte,
war ja der letzte, der singend dran zupfte.

Drum sagen oft Sterndeuter: „Guck mal, Mensch Meier,
das Sternbild da oben, sieht aus wie die Leier!"
Diese Legende klang erst wie geblödelt,
wurde dann nett literarisch veredelt.

Pindar schrieb dazu die passende Ode,
Ovid, der später im Rom sehr in Mode,
faßte die Story – geplagt von Arthrosen –
in seine berühmten Metamorphosen,
Cocteau schuf eine Drama, Rilke Sonette –
Offenbach formte 'ne Operette.
Er hat diesen Stoff eher heiter vermittelt.
Ich habe die Verse – nur weiter geknittelt.

Das Paris-Urteil

Einst stritten drei hübsche und göttliche Damen,
die sich im Olymp ins Gehege kamen,
aus Gründen, die heute kaum zu verstehen,
um einen Apfel – vor ihren Zehen.

Die eine sprach schwungvoll: „Der Apfel ist mein!“
Die zweite erwiderte gleich darauf: „Nein!
Ich beanspruche, wenn Du auch noch so wild tobst,
für mich ganz allein – dieses treffliche Obst!“

Doch dann kam die dritte wie ein irrer Vampir
und keifte verbittert: „Der Apfel ist mir!“
Die erste war HERA, was kurz ich erwähne,
die zweite kam aus Athen, hieß ATHENE.

Die dritte im Streit um den Apfel bemühte
war – wie ich herausfand – die APHRODITE.
Alle drei lagen schimpfend sich bös’ in den Haaren,
weil sie auf den Apfel versessen waren.

Dem Zeus fiel das Zetern sehr auf die Nerven,
er wollte sie schon vom Olymp runterwerfen,
da dachte er plötzlich (was offenbar wahr is)
an das Urteilsvermögen eines Herrn PARIS,
dem Schönsten der Männer, welche noch sterblich.
Der sollte schlichten, gerecht und gewerblich.

Freund Zeus meinte lustlos, müde und schlapp:
„Was für ein Blödsinn – der Apfel ist ab.“;
sagte im Weggehen grantelnd beim Gähnen:
„Von mir aus laß doch die Schönste ihn nehmen!“

Der Paris ließ alle besagten Emanzen
vor ihm – der nun Jury – zum Schnell-Test antanzen.
Er fragte die Mädchen, was kaum noch vermeidlich:
„Was bietet ihr mir?“ – und zwar laut und deutlich:

„Was bietet ihr mir – ihr – alle Dreie,
wenn ich Euch den Apfel zum Essen verleihe?“
(Und das war der Anfang von solchen Miseren
wie Korruption und Schmiergeld-Affairen!)

Die Hera versprach ihm mit grossem Getöse:
„Du wirst einmal König von achtbarer Größe!
Athene versprach ihm bei sämtlichen Kriegen
kostenlos Waffen – und immer nur Siegen!
Aphrodite dem Paris – versprochen dann hatt ihm
die Lieblichste aller Frauen als Gattin.

„Nun gut“, sprach der Paris, „das könnte sich lohnen,
doch jetzt erst – die Leibesvisitationen!
Denn ein Schönheitsgutachten, gehüllt in Klamotten,
muß der Beschreibung eindeutig spotten.
Wer ist die Schönste ? Ich möchte es seh'n,
Abschminken! Ausziehen – bitte schön!“

Die Hera trat vor ihn – er trieb sie gleich weg,
sie hatte ihm zuviel Reithosenspeck,
Gebärmuttersenkung, was störte beim Wandeln,
Knickfuß und ziemlich vereiterte Mandeln.
Das hat unserm Paris den Unmut gesteigert.
Er hat ihr den Apfel schlichtweg verweigert.

Athene stand unverhüllt nun vor Paris,
was insofern ungewöhnlich und rar is,
denn sie zog einen Panzer sonst über die Brüstung,
und trug wegen Streitlust – Dessous – stets aus Rüstung.
Nun zeigte sie sich in Evas Garderobe
und gab ihm eine Peep-Show – zur Probe.

Doch Paris befand: Der Bauch war zu deftig,
die Lende zu lahm, der Po viel zu kräftig;
am Hüftgelenk nagte längst schon Arthrose,
und an dem Gebiß – eine Parodontose.

Der Paris betrachtete alles sehr vage
und meinte: „Athene – kommt auch nicht in Frage!“

Die letzte, die auftrat und sich bemühte,
war die eingangs erwähnte Aphrodite.
Man hat sie, die immer ganz frisch onduliert,
schon häufig zur Miß Universum gekürt.

Der Paris hielt's Bandmaß rund um den Busen,
der Zeus tat von weitem teilnahmslos zuseh'n.
Die Oberweite war Einmeterdrei,
prompt riß dem Paris das Bandmaß entzwei.
Da nahm er den Zollstock, beflügelt vom Weine,
und prüfte die Länge der schönen Gebeine,
kritzelte auf den Notizblock nun fleißig
„Wasserfall-Höhe: einmeterdreißig;
Nabel rotiert beim Bauchtanz exakt,
gynäkologisch alles intakt,
Ohren sind beidseits gründlich gewaschen,
die könnt' man unbesehen vernaschen!“
Dann gab er ihr einen Klaps auf den Steiß,
überreichte ihr endlich den Apfel – als Preis,
und erinnerte sie, binnen zwei Wochen
auch wirklich zu halten, was sie ihm versprochen.

Die Arbeit der Jury war somit vollendet,
Paris hat sich in ein Wirtshaus gewendet.
Man fragt sich natürlich nachdenklich da,
was – nach dem Urteil – mit dem Apfel geschah?

Nun – Aphrodite hat ihn wortlos verspeist
und strotzte vor Sex, was wieder beweist:
„My dear friends – an apple a day –
keeps – as you know – the doctor away!“

Die Büchse der Pandora

Pandora ist ein munter Weib
und hübsch wie eine Nixe.
Sie trägt am Bändel vor dem Leib
'ne runde kleine Büchse.

Der alte Zeus hat sie geschickt
hinunter auf die Erde,
daß sie dem Mann, der halb verrückt,
vollends zum Unheil werde.

Ich traf sie morgens um halb vier
am Bahnhof bei den Rampen,
sie war gefüllt mit schalem Bier
und schwankte unter Lampen.

Ich sah zu ihrer Büchse hin,
die baumelte im Schritte,
und fragte sie: „Was ist da drin?
Komm öffne sie mir bitte!"

Sie lüftete den Schraubverschluß.
Da rann es aus der Büchse:
ein grünlich schillernder Erguß,
der stank wie faule Füchse.

Der ekelhafte Zauberbrei
besudelte mich plötzlich,
mein Hals tat einen irren Schrei,
die Wirkung war entsetzlich.

Gebrechen von der schlimmsten Art
verrenkten meine Glieder,
das mir zum Kotzen elend ward.
Ich würgte immer wieder.

Den Rotlauf kriegte ich, die Gicht
vom Safte der Pandoren,
ein Schorf befiel mein Angesicht,
und Fußpilz meine Ohren.

Das Rückenmark ins Hemd mir quoll
und Harn floß aus der Hose,
die Zunge mir zum Rumpsteak schwoll,
lag in Madeira-Sauce.

Dann überfiel mich Fieberwahn,
das Blut fing an zu kochen.
Die Milz schwamm mir in Lebertran,
und Veitstanz bog die Knochen.

Pandora! Du gemeines Weib,
laß deine dummen Witze!
Den Wahnsinn, bitte – bitte, treib
nicht vollends auf die Spitze!

Erneut sah ich zur Büchse hin,
die fast geleert – noch offen,
da lag – ein Quentchen Hoffnung drin!!
Dann – darf man – doch noch – hoffen!?

Moral: Wenn Ihr Pandora trefft,
fragt nicht nach ihrer Büchse,
kommt niemals mit ihr ins Geschäft,
seid wachsam wie die Lüchse!

Ödipus

Ödipus, der ein sehr seltsamer Held,
kam im griechischen Theben zur Welt,
und er lag dort – ohne zu schwindeln –
wie jeder Säugling in dreckigen Windeln.
Sophokles hat einst sein Schicksal beschrieben,
reichlich schockierend und sehr übertrieben.

Sein Vater war König, Mama hieß Iokaste –
sie lebten erst glücklich in ihrem Palaste,
bis dem Papa wurd' gemein hintertragen,
daß ihn sehr bald sein Sohn würd' erschlagen.
Das war die Botschaft von Delphis Orakel,
Dem Lande drohte ein echtes Debakel.

Flugs gab der König das Söhnlein den Hirten
die hinter Ziegen durch Felsschluchten irrten.
Sie sollten ihn aussetzen – ganz ohne Spaß –
fern von der Heimat, den Geiern zum Fraß.

Die Hirten ob dieses Planes erschraken,
sie ahnten, die Sache hat peinliche Haken.
Sie sollten tun, was ein häßlicher Schmutz – und
strengstens verpönt – war beim Kinderschutzbund.

Der König saß Kaffee schlürfend vor Torten,
sie – sollten nüchtern bleiben – und morden.
Drum brachten sie hurtig das winzige Kind
zu dem Herrn König, mit Wohnsitz Korinth.

Das lag am Isthmus, wo heute Touristen
im Holiday Inn und im Sheraton nisten.
Ja, und der König der netten Korinther
zeugte Korinthen – auch sehr viel Kinder.

Dringend mußte er endlich mal haben
für seine Nachfolge bald einen Knaben.

Da durch viel geistige Arbeit geschwächt er,
zeugte zu Hause er dauernd nur Töchter.
Drum kamen jetzt ihm die Hirten gelegen.
Er nahm sich das Knäblein und dachte: „Welch Segen.“

Ödipus wurd’, wie sich so was gebührt,
auf dem Ordnungsamt gleich registriert,
leerte die Brüste von zahlreichen Ammen,
wuchs mit der neuen Familie zusammen,
wurde getrimmt, Sommer wie Winter
Jeder hielt ihn für’n echten Korinther.

Als er dann groß war, nahte ganz leis’ –
ein alter Guru und sagte ihm weis:
Er würd den eigenen Vater ermorden. –
Da ist der Ödipus ängstlich geworden,
reiste schnell ab und landete eben
wieder in seinem Geburtsort, in Theben,
erkannte die Stadt nicht, man kann es kaum fassen,
weil er als Säugling sie damals verlassen.

Ein Säugling weiß nie, was wissen er müßte,
erinnert sich nur noch an stillende Brüste,
träumt von den Warzen, wo er genuckelt,
weiß wieviel H-Milch er damals geschnuckelt.

Ödipus stand vor dem Bahnhof von Theben
und dachte: „Wo mag es hier Unterkunft geben?“
Den Blick ließ er schweifen, solang’ es noch hell,
er suchte ein sauberes schönes Hotel.

Da kam ihm entgegen ein garstiger Wicht,
der spuckte dem Ödipus in das Gesicht,
trat ihm noch kräftig dazu in den Hintern,
was niemals passiert war bei den Korinthern.

Ödipus hat da nicht lange gegrollt,
fletschte die Zähne und zückte den Colt

und schoß den Drecksack glatt über'n Haufen,
ohne – wie üblich – mit ihm zu raufen.

Sie ahnen es alle – verehrte Genossen,
Ödipus hatte den Papa erschossen.
Der König von Theben war nun gekillt,
ein Teil des Orakels somit erfüllt.

Doch hatte der Guru auch Schande verkündet,
die sich bei uns auf dem Index befindet:
Ödipus sollte auf Laken aus Juchten
danach die eigene Mutter befruchten.

Doch zunächst – zog er weiter, strahlend vor Glück,
steckte sein Schießeisen wieder zurück,
wanderte pfeifend durch Einkaufspassagen
vorbei an Boutiquen und Tief-Garagen,
zechte in Kneipen etliche Drinks,
weiter an Spielautomaten – nun ging's,

traf auf dem Markt dann – die schöne Iokaste,
der er unschicklich an etwas faßte,
was funktionell ganz eindeutig weiblich,
ein Fauxpas, der schier unbeschreiblich.

Doch der Iokaste gefiel auf der Stelle
dieser lustige stramme Geselle.
„Komm", sprach sie keck, „Du mußt Dich mal waschen,
dann werd ich Dich – zum Frühstück vernaschen."

Kurze Zeit später – Herr hab' Erbarmen –
lagen sie sich in Beinen und Armen;
und zwar so heftig, daß viele schon bangten,
weil die Palastwände barsten und schwankten.

Plötzlich – hat's draußen wie irre geklingelt.
Iokaste – ist an die Haustür getingelt,

ohne Bekleidung, nur mit Perücke,
Schweiß auf der Haut und feurig die Blicke.

Vor ihr stand keifend und trat immer näher
der greise Teiresias, beruflich ein Seher.
Jener kam zu den beiden kurz rauf
und klärte sie über die Wahnsinnstat auf.

Ödipus fielen vom Auge die Schuppen
Iokaste tat sich als Mutter entpuppen –
diese hingegen war mächtig schockiert,
weil mit dem eigenen Sohn verlustiert.

Wir kennen genau diese schreckliche Mär,
denn Seneca schrieb dran, auch nach ihm Voltaire.
Grillparzer, Schiller, Platen und Kleist
verhackstückten Sophokles unglaublich dreist,
Hoffmannsthal, Strindberg, Ibsen und Gide
haben den Roh-Stoff dann gleichfalls bemüht.

Das Ende vom Lied ist leider nicht heiter.
Erschüttert liest man die Schilderung weiter:
Aus – war das eben noch rauschende Glück,
Iokaste erhängte sich mit einem Strick.

Ödipus brach aus dem Hals raus das Futter,
als vor ihm baumelte plötzlich die Mutter,
hat nicht viel Zeit mit Grübeln verschwendet,
zückte ein Messer, hat sich geblendet;

eilte dann blindlinks – weil tot war sein Vater
zu Siegmund Freud, dem Haus-Psychiater;
der prüfte zerstreut die Standard-Reflexe
und sagte freundlich: „Du hast nur Komplexe!“

Pegasos

Pegasos war ein bizarres Pferd,
das von den alten Griechen verehrt.

Es hatte zum Draufklettern keinerlei Bügel
statt dessen am Rücken komische Flügel.

Das störte den Reiter heftig beim Ritt,
er hatte statt Sattel – zwei Flügel im Schritt,

die ihm die Weichteile unglaublich drückten,
hahnebüchen quetschten und zwickten.

Das Flügelroß Pegasos war also schon
anatomisch 'ne völlige Fehlkonstruktion.

Auch seine Herkunft, betrachtet bei Lichte,
ist eine ziemlich verrückte Geschichte.

Poseidon – begann einst ein wildes Geschmuse
mit der abnorm gebauten Meduse.

Abnorm, weil auch sie hatte Flügel am Rücken –
das sah man besonders beim Baden und Bücken.

Und trug auf dem Haupt statt schmalziger Locken
haufenweis Schlangen – das sollte schocken.

Poseidon war eines nachts so betrunken,
daß er in den Arm der Meduse gesunken,

und gar nicht bemerkte, was an ihr so gräßlich,
flügelschlagend, schlängelnd und häßlich.

Er machte er sich vielmehr – ohn' langes Gaffen –
an ihrem Körper ein wenig zu schaffen.

So ward die Meduse nach wenigen Stunden
schwanger, wonach der Poseidon verschwunden.

Medusa ist nun des Weges gezogen
vorsorgehalber zum Gynäkologen;

hatte die Chip-Card in ihrer Tasche
und etwas Wermut, halbvoll die Flasche.

Da kam ihr der Perseus von links in die Quere
und schnitt ihr das Haupt ab – ratsch – mit der Schere.

Und aus ihrem Haupt sprang ein Embryo raus,
ein geflügeltes Pferdchen, klein wie 'ne Maus.

Sie trauen wahrscheinlich nicht Ihren Ohren?
So wurde Pegasos nämlich geboren.

Erst war er winzig – du lieber Himmel –,
doch als Erwachsener ein prächtiger Schimmel.

Und wie manchmal Pferde zu treten geruhen
mit ihren hornigen sauharten Schuhen,

so trat unser Pegasos gegen 'ne Stelle,
wo durch den Fußtritt entsprang eine Quelle.

Und weil nun die Quelle am Helikon spritzte,
den manche Muse zum Waldlauf benutzte,

am Wasser dort kniete, um köstlich zu schlürfen
(was Götter und Musen jederzeit dürfen),

wonach die erfrischte Muse voll List
einem armen Poeten die Stirne geküßt,

so daß nun – der Dichter – trotz Hämorrhoiden
plötzlich imstande war, Verse zu schmieden,

nennt man den hüpfenden Pegasos
nur noch „geflügeltes Dichterroß“.

Seitdem wirken Dichter ziemlich verstört,
vorn küßt die Muse, hinten tritt’s Pferd.

Polyphem und die Kyklopen

Im Altertum gab es Kyklopen
weit südlich, nahe bei den Tropen,
die hatten winzig kleine Hirne
und nur ein Auge auf der Stirne.

Sie schufen sägend und mit Feile
dem Zeus viel Blitz- und Donnerkeile
und hämmerten meist fest und rüde
in des Hephaistos dunkler Schmiede.

Besonders oft sah man sie powern,
beim Bau von den Kyklopenmauern.
Die Steine, hart wie Pfefferminz,
gibt es noch heute in Tyrins,
beziehungsweise in Mykene,
was ich nur beiläufig erwähne.

Als Beispiel ich dem Leser nehm'
den Fall des Riesen Polyphem,
der einst, es klingt recht sonderbar,
ein schlimmer Menschenfresser war.

Odysseus, der durchs Weltmeer schwirrte
und sich zu Polyphem verirrte,
in dessen Höhle er gefangen
nun zitternd saß, erfüllt mit Bangen
der dachte sich von Wahn besessen,
der Polyphem würd' ihn bald fressen.

Er konnte nur sein Schicksal wenden,
indem er anfing, ihn zu blenden.
Als Polyphem einmal ganz tief
im Weinrausch lauthals schnarchend schlief,
nahm sich Odysseus einen Pfahl,
der vorne spitz, sonst handlich kahl,

wonach er das, was vorne spitzte,
mit einem Feuerzeug erhitzte.

Der Pfahl glich somit einer Nadel,
war für die Blendung ohne Tadel.
Dann spreizte vorsichtig bemüht er
dem Polyphem geschickt die Lider,
wonach den Pfahl er ganz gemach
dem Kyklops in das Auge stach.

Der drang – trotz heftigem Gejammer –
durch Hornhaut und die Vorderkammer,
dann durch Pupille und die Linse.
(Mir wird meist schlecht, wenn ich da hinseh'.)

Der heiße Pfahl, er glitschte heiter
durch Glaskörper und Netzhaut weiter,
zerfetzt' die orbitalen Knochen,
hat das Hirn sogar durchstochen,
und schaute endlich – ach, o Graus –
am Hinterhaupt rotglühend raus,
wobei das Instrument laut zischte,
sobald man nur darüberwischte.

Der Polyphem wurd' noch bei Nacht
ins nächste Klinikum gebracht,
wo sich sogleich Ophthalmologen
über die off'ne Wunde bogen.

Sie weilten lang in dieser Pose
und kamen zu der Diagnose:
„Das Kyklops-Aug' ist perforiert,
die Linse restlos subluxiert,
der Glaskörper am überschwappen,
die Netzhaut hängt im Schläfenlappen,
der Optikus ist durch den Pfahl
schreckensblaß, selbst temporal.“

Doch die Pupille – wurd' befundet –
„wie durch ein Wunder kaum entrundet".
Ein Assistent hat mit Genuß
besorgt primär den Wundverschluß.

Schon nach drei Tagen (nicht zu fassen)
wurd' Polyphem geheilt entlassen.
Ein Glasaug' hat man – wie gewöhnlich –
ihm eingepflanzt, das täuschend ähnlich.

Da die Prothese blank und neu,
sah Polyphem „eins Komma zwei",
und obendrein nicht nur zyklopisch,
O nein, er sah jetzt stereoskopisch!
Das heißt, er glotzte (ohne Brille)
selbst in die allerkleinste Rille.

Zur Nacht nahm er bei sich zu Haus'
das Glasaug' mit dem Daumen raus.

Er spülte es mit viel Gefühl
in dem WC mit klarem Pril,
dann stopfte er es voll Geschick
stets in die Orbita zurück.

Für jene, die da Zweifel hegen:
Auf uns'rer Heilkunst ruht viel Segen!
Was vor Homer schlechthin nicht möglich –
erlaubt Routine seitdem täglich.

Heut transplantiert man ganze Köpfe,
ohne zu schädigen die Zöpfe!
Hippokrates und seine Jünger,
die haben sehr geschickte Finger!

(Postscriptum melde ich hier nur,
was selbst die Presse nie erfuhr:
Besagter Riese Polyphem
starb kurz darauf an Hirnödem.)

Priapos

Priapos war bei den Griechen
ein beneideter Patron,
manch Tyrann bot ihm sehr dringend
für den Phallus – seinen Thron.

Auf der Agora umringten
ihn die Frauen höchst erstaunt,
haben bei dem Blick aufs Monstrum
anerkennend nur geraunt.

Ihre Männer in der Stoa
liefen schimpfend auf und ab,
denn ihr Membrum, einst ihr Glans-Stück,
war vergleichsweis' kurz und schlapp.

Selbst Silenen in Erregung,
aufgeputscht von Wein und Tanz,
war'n dagegen Waisenknaben,
ihre Männlichkeit Popanz.

Wütend reagierten Faune,
die im Bocksprung lüstern tollten,
weil selbst rasende Mänaden
Priapos Bewund'rung zollten.

Priapos erschien den Damen
als der Gipfel der Kultur,
demonstrierte seinen Urtrieb:
PRIAPISMUS – und zwar pur.

Gern hätt ich den Wahnsinnsknaben
für ein Festspiel engagiert.
Doch ich fürchte Mißverständnis. –
Man weiß nie, wohin das führt.

Das Prokrustes-Bett

Liegt man auf des Prokrustes Bett,
denkt man ganz arglos: Lust ist nett,
krümmt schnurrend sich wie eine Katze
und somnambul auf der Matratze,
schmiegt weich den Leib im wohlig Warmen
entspannend in des Morpheus Armen.

Doch kurz nur solch Geräkel ist.
Prokrustes – echt ein Ekel ist!
Zwei Betten bietet er dem Gast
zum Schlaf, wenn nötig eine Rast.

Das eine ist, man merkt es bang,
zwar gut gefedert, doch zu lang,
das andre viel zu kurz geraten,
es stehen über Fuß und Waden.

Der lange Gast Prokrustes schnurz ist,
er muß ins Bett, das äußerst kurz ist,
der kurze Freund denkt: Gott sei Dank!
Ich hab ein Bett, das reichlich lang.

Und beide nicken – voller Wein –
in ihrem Pfühl sehr friedlich ein.
Vernehmt die grauenhafte Kunde:
Jetzt schlägt Prokrustes' üble Stunde.

Der Lange schnarcht im kurzen Bett,
die Beine ragen raus komplett,
sein Spreizfuss steht bei dem Kaliber
mehr als eine Elle über.

Prokrustes schleicht ins Schlafgehege
mit einer scharfen Motorsäge,
(die – was ihm damals schon sehr lieb –
verseh'n mit Batterieantrieb,

weil Steckdosen für solche Kunden
in Hellas noch nicht ganz erfunden.)

trennt ab ihm voller Akribie
die Beine unterhalb vom Knie.
Der Lange denkt – im Tiefschlaf leider –
es sei ein Alptraum – und schläft weiter.

Dann saust Prokrustes wie ein Jet
zum Kurzen – im zu langen Bett –
und schlägt auf dessen Stummelbein
solange mit dem Hammer ein,
bis dessen Schenkel stark verdünnt
und weichgeklopft wie Pudding sind.
Nun streckt er sie mit kühler Strenge
ganz erheblich in die Länge.

Prokrustes, der so grausam wild,
als effektiver „Strecker“ gilt!

Am nächsten Morgen, welch ein Wunder:
Die Gäste sind erquickt und munter.
Sie hüpfen fröhlich aus den Federn,
wollen zum Duschen in den Bädern
und schau’n sich gegenseitig dann
voll massloser Verblüffung an.

In gleicher Höhe – sitzt die Blöße,
auch Kopf und Kragen, gleich Größe!
Sie blicken abwärts leicht verstohlen:
Der eine ist jetzt ohne Sohlen,
selbst seinen Fußpilz sieht man kaum,
der einst im Zwischenzehenraum.
Die Waden sind nicht mehr vorhanden,
die gestern sich im Schuh befanden.
Er steht leicht zittrig, voll Bedenken
auf seinen blanken Kniegelenken.

Der andre ist direkt begeistert,
was der Prokrustes hat gemeistert.
Ihm sind sogar in Bausch und Bogen
die Hammelbeine langgezogen.
Durch diesen merkwürdigen Schwank
sind beide Gäste nun – gleich lang!

Gottlob – bemerkt man angstgeschwängert –
wurd' nicht der Kopf verkürzt, verlängert,
sonst machte man ein lang Gesicht,
wenn morgens früh der Hafer sticht,
oder man blickte leicht gequält,
wenn Hirn und Schädeldecke fehlt.

So ist teils Frust, wenn nicht gar Lust es,
zu nächtigen im Haus Prokrustes'!
Der Spruch ist noch nicht ganz verharzt:
„Die Axt im Haus ersetzt den Arzt!“

Auch F.D.P. und unsre GRÜNEN
müssen ja ihren Ehrgeiz sühnen
bei SPD und CDU
ins Bett zu legen sich zur Ruh.
Da gibt's in solch Koalitionen
viel Schnitte und Amputationen
genauso übel – woll'n wir wetten? –
wie einst in den Prokrustesbetten!

Prometheus

Prometheus, jener edelste Titan,
der nicht wie Pan verwirrend flötet,
sondern als Hobby mit Elan
den Mensch aus feuchtem Ton geknetet,
er schaute nachdenklich auf sein Produkt,
das frech aus seiner Wäsche guckt.

„Verdammt noch mal, mir ist es kalt“,
der Adam unzufrieden lallt.
Und weiter rief er aufgereizt:
„Warum ist's auf der Erde nicht geheizt?“
Worauf Prometheus grübelnd spricht:
„Ich – weiß es nicht!“

„Dann tu etwas und stehe hier nicht dumm
und amüsiert vor Deinen Menschen rum.
Wir frieren allesamt und ungeheuer,
geh' zu den Göttern, bitte sie um Feuer.“

Prometheus klopfte sich vom Hut den Staub,
trank einen Ouzo sinnend im Café,
dann faßte er den Plan zu einem Raub,
es war eine phantastische Idee.

Er nahm ein Taxi zum Olymp, dort rannt
er hastig in Hephaistos' Schmiede
und kratzte aus dem Herd rasant
die ganze Rotglut raus. – Du meine Güte!

Mit seiner Schauffel glüh'nder Kohlen
zurückgekehrt, warf er dem Mensch die Heizung an.
Dieser erwärmte erst mal seine Sohlen,
wonach er mit der Fortpflanzung begann.

Doch dieser Diebstahl brachte Zeus zum Rasen.
Er ließ Prometheus fesseln, knebeln und
hinschleppen bis zu den Kaukasen –
wie einen tollwütigen Hund.

Man schlug ihn an die Felsenwand.
Dort hing er hilflos jammernd an der Luft,
bis ihn ein wilder Adler schließlich fand,
der angelockt von des Prometheus Duft.

Und Zeus sprach zu dem Adler voller Haß:
„Hack ihm doch seine Leber raus, los – faß!"
Der Adler ließ sich das nicht zweimal sagen,
er packte sich Prometheus an dem Kragen
und rupfte ihm, wie es bei Adlern Brauch,
die Leber aus dem rechten Oberbauch
und fraß sich satt. Sein Adlerwanst wurd' dick. –
er kriegte einen Basedow'schen Blick!

Und rülpste laut – ein Darmwind ging ihm ab.
Da hüpfte er in eine Bar, verlangte schlapp:
„Drei Underberg!" Die goß er hintern Kragen,
so schwer lag ihm die Leber in dem Magen.

Das wiederholte sich fortan nun täglich!
Prometheus – auch der Adler – fanden's unerträglich,
langweilig, peinlich, ekelhaft und fad.
Der Adler deshalb Zeus – um Unterredung bat.

„Herr Zeus", stieß er mit bösem Krächzen aus,
„die Leber hängt mir aus dem Hals heraus!
Mir stinkt es! – Immer wieder Leber –
was bist Du für ein abgeschmackter Arbeitgeber!"

Und während Zeus verlegen kratzt sein Kinn,
schmiß ihm der Adler seinen Bettel hin,
er hob sich in die Lüfte und verschwand.
Ich traf ihn kürzlich erst in Griechenland,
wo er Zaziki speiste und Metaxa schluckte
und beim Sirtaki mit den Flügeln zuckte,
mit Herakles am Strand besoffen raufte,
und – in Boutiquen abends Souvenirs verkaufte!

Sisyphos

Sie gestatten, ich erzähle,
wie ein Alltag in der Hölle
aussieht und was man da macht:
täglich morgens ab halb acht.

Sisyphos zum Beispiel mußte
immer wieder, sehr zum Fruste,
einen Stein, rund wie ein Kloß,
und dazu noch riesengroß

wälzen, was zu gar nichts nütze,
hoch auf eines Berges Spitze.
Wie er sich schweißüberschwemmt
gegen diesen Felsblock stemmt

und mit seines Hemdes Zipfel
fast erreicht hat schon den Gipfel,
keuchend, und mit letzter Kraft,
(dachte: Jetzt ist es geschafft!)

rutschte er, infolge Trance
aus – verlor nun die Balance
und sein Stein – ach, wie entsetzlich –
glitt ihm aus den Händen plötzlich,

polterte (was nicht zum Lachen!)
jenen Berg hinab mit Krachen.
Sisyphos, der so Genarrte,
finster in die Tiefe starrte,

brummte depressiv und leise:
manches Synonym von „Sch....!“
Schlich dann mit enttäuschter Miene
ganz erschöpft in die Kantine,

denn er brauchte nach dem Müh-Stück
in dem Orkus – erst sein Frühstück.
Erst saß tief in ihm noch Schreck fest,
doch beim Continental Breakfast

ham and eggs, nebst Suppentöpfen,
Schweinssülzen und Joghurt-Näpfen,
frischen Hörnchen, Butterbroten,
Ziegenkäse, Pfefferschoten,

Knoblauchzehen, Honigwaben
dachten selbst die Küchenschaben:
„Wer so voll den Teller nimmt,
schafft es nächstes Mal bestimmt!“

Sisyphos griff zur Karaffe,
spülte Zahnfleisch sich mit Kaffee,
sprang dann auf – mit irrem Blick,
ging sofort zum Berg zurück,

griff – da er nun wieder stärker –
seinen Stein wie ein Berserker,
rollte ihn – das muß man loben –
fest entschlossen – und nach oben.

Stundenlang er schob und preßte,
immer weiter, und zwar feste,
bis ihm schließlich das passierte,
was erneut zum Wutschrei führte:

Er glitt aus – weil in Gedanken –
Stein entwischte seinen Pranken,
und von Schwerkraft angezogen
ist das Ding zu Tal geflogen.

Sisyphos sah es mit Grausen.
Doch dann kam die Mittagspausen.

Wiederum saß er bei Tisch,
vor ihm stand gebrat'ner Fisch,

Salzkartoffeln, grüne Soße,
Mirabellen aus der Dose,
frisch gezapft im Höllenkeller:
teuflisch starker Muskateller.

Sisyphos, aus Angst vor Pein,
nahm drei Herztabletten ein,
die sein Hausarzt ihm verschrieben,
um den schweren Stein zu schieben.

Ging dann wieder frisch ans Werk,
schob den Stein hoch, an dem Berg.
Oben fast – haarscharf am Wunder –
fiel der Stein schon wieder runter.

Sauerei – wie schon gehabt,
Quälerei hat nicht geklappt.
Schlich dann unten ins Karbäuschen.
Fällig war ein Kaffee-Päuschen,

Cappuccino, frisch und heiß,
Nußecken – mit Himbeereis.
Teufel flüstert: „Piep piep piep –
roll' noch mal, ich hab Dich lieb!"

Stein nach oben, der so schwer,
same procedure – wie vorher.
Abendessen gut und reichlich,
rote Grütze, die sehr weichlich.

Dann er in das Fernseh'n starrte:
Tagesschau und Wetterkarte. –
Nach dem Krimi wir ihn trafen,
Sisyphos war müd', wollt schlafen,

Teils voll Groll, teils mit Gewimmer
schlich erschöpft er auf sein Zimmer,
träumte Alp die ganze Nacht,
hat aus Angst ins Bett gemacht.

Denn er weiß, am nächsten Tage
Schufterei, die gleiche Plage,
Höllenqual, weil er im Leben
Anlaß zu Kritik gegeben.

Sisyphos, Du armes Schwein,
bist für mich: Freiherr vom Stein.

Die Sphinx

Was für ein Dreckvieh war einstmals das Dings,
das bei den Griechen genannt wurd' „die Sphinx".
Grad schon ihr Ausseh'n – der Kopf war noch fraulich,
doch was dann da drunter – nicht sehr erbaulich!

Der Körper bis hin zu dem dicken Gesäß
war typisch Löwe, was sehr ominös.
Wenn sie sich anschaute, rückwärts im Spiegel,
steckten im Rücken – noch ein paar Geflügel.

So konnte sie rennen auf ihren vier Pranken
und irgendwas Leck'res zum Frühstück sich fangen,
oder schoß hoch und ist dann geflogen
häufig ganz senkrecht, manchmal im Bogen,
so wie sonst nur die Möwen und Falken,
hoch über Häusern – und Donnerbalken.

Die Heimat der Sphinx war nahe bei Theben,
wo die berühmten Thebaner leben,
die „schiefe Schlachtordnung" gern praktizierten
und die Spartaner damit sehr düpierten.

Zurück zu der Sphinx, die sehr komisch aussah,
weil jeder zunächst in ihr – eine Frau sah.
Doch als pervers bezeichnen man kann's:
Trotz Frauenkopf – hatte der Hintern 'nen Schwanz.

Man fragt da natürlich mächtig erschreckt:
War dieser Schwanz anatomisch korrekt ?
Wo sich doch niemals bei Frauen befinden
einmal – Schwänze – und dann auch noch hinten.

Und dieser diente nicht freudig – zum Wedeln.
Sie war umgeben von Knochen und Schädeln
von vielen Opfern – was gut man verbürgte –,
die sie nach dem Rätselraten erwürgte.

Kam nämlich ein ahnungsloser Passant,
oft war's ein Bauer, gerannt auf sein Land,
saß diese Sphinx ihm mitten im Wege,
in freier Wildbahn (nicht im Gehege).

Blieb er also stehn und wollte sie streicheln,
dann fing sie zu knurren an und auch zu speicheln.
Sie hatte auf Menschenfleisch stets Appetit,
während sie Obst und Gemüse vermied.

Sie gab dem Mensch, der grad lutschte 'ne Brezel,
mir nichts, dir nichts – ganz plötzlich ein Rätsel:
„Was ist das?" hub sie erwartungsfroh an,
„was ist das für'n Wesen, das rumlaufen kann,
auf vier, dann zwei, dann dreierlei Füßen?
Wenn Du das nicht weißt, dann mußt Du es büßen!
Wer mir zu blöd kommt, der mag ruhig kreischen,
ich werde ihn würgen und danach zerfleischen.

Von diesem Irrsinn restlos besessen
hatte sie viele Leut' schon gefressen.
Doch eines Tages, zu ihrem Verdruß,
kam plötzlich ein Schlauer, der Ödipus.
Der riet auch ihr Rätsel, und zwar gleich im Nu,
denn er hatte einen – sehr hohen IQ.

„Das, was Du meinst", sprach er locker und heiter,
„das ist nur der Mensch – der Mensch und nix weiter!"
Als Baby kriecht er auf allen Vieren,
als Zweibeiner geht er später spazieren,
und wenn er vergreist ist und hat dann „Null-Bock"
latscht er als Dreibeiner, nämlich am Stock.

Da war die Sphinx so fassungslos böse
(sie dachte, daß keiner ihr Rätsel gut löse),
daß sie sich an einen Abgrund dicht stellte,
hinunterkippte und krachend zerschellte.

Das war der Tag, wo alle mal eben
endlich befreit war'n vom Alptraum in Theben.
Nur in dem Abgrund – von dem Tag an – stinkt's.
Da liegt der kaputte Sphinkter der Sphinx!

Tantalus-Qualen

Der Tantalus war ein ganz haltloser Zecher,
verschlag'ner Sadist und übler Verbrecher.
Er hatte den Göttern dank Schlich leiser Sohlen
aus deren Kühlschrank den Nektar gestohlen,
den diese gewöhnlich morgens in Küchen
sich auf ihre Frühstücksbrötchen gestrichen.

Und hatte den Herrschaften, die ihm vertraut,
auch eines Tags ihr Ambrosia geklaut.
Ambrosia war nämlich Götterspeise,
das fraßen die Götter schöpflöffelweise
und wurden durch diesen Süß-Stoff unsterblich.
Und ihre Unsterblichkeit war dann auch – erblich!

Tantalus war schlicht und einfach perfide,
äußerst blasphemisch, gewissenlos rüde.
Doch nicht genug damit, was reichlich verwickelt,
er hat auch den eigenen Sohn noch zerstückelt,
dann Teile davon in Butter gebraten
und gab diese aus als Schweinsrouladen.

Dann lud er die Götter – hört wie gemein –
zum Festmahl ins lydische Sipylos ein.
Die Götter nahmen die Einladung an,
wo immer ein größeres Fressen begann.

Es erschienen folglich in Tantalus' Villa
Zeus mit der Hera, Charybdis mit Scilla,
Apoll mit der Daphne, Pluto mit Pan,
Hermes mit Artemis, Leda mit Schwan,
Eros am Rocksaum der Aphrodite,
Leto mit Nemesis und Hippolyte,
Demeter, Helios, Hades, Athene,
Endymion hing am Arm der Selene,
Saturn kam mit Kronos (ein Anachronismus!)
Priapos selbstredend – mit Priapismus.

Hephaistos trat ein, schlug dauernd Funken,
Dionysos schwankte – wie immer betrunken.
Pollux erschien ganz ohne Geld er,
Castor natürlich im Castor-Behälter!

Tantalus trug schon zum Essen den Latz
und sagte den Gästen: „Grüß Gott! Nehmt schon Platz!"

Kaum saßen sie um die prächtige Tafel –
und es begann ein munter Geschwafel,
kamen die Kellner, gestärkt und ganz frisch,
und stellten die Schüsseln mit Fleisch auf den Tisch.

Es duftete lecker, der Tischwein war trocken,
man langte gut zu und begann zu frohlocken.
Schon bissen die einen in knackige Lenden,
und lutschten an Knochen mit ihren Händen,
verschlangen die Krusten von Klumpfuß und Nacken
und schmatzten dabei über alle vier Backen.

Andere kauten auf Rippenfell-Steaks,
oder waren schon zum WC unterwegs,
denn stundenlang Bechern reizt zu Ekstase,
doch macht's auch bei Göttern – Druck auf der Blase.

Da – plötzlich – riefen die Götter im Chor:
„Das Schweinefleisch kommt uns verdächtig vor!"
Selbst Zeus protestierte mit wüstem Geschrei:
„Ich fresse ja Mensch – das ist Sauerei!
Was hier vor mir dampft auf meinem Geschirre
ist Tantalus's Sohn, wenn ich mich nicht irre.
Bei mir, bei Gott, welch irrer Zynismus,
was harmlos begann – ist Kannibalismus!"

Schon schüttelte ihn ein Brechreiz sehr heftig,
sein Mageninhalt stieg hoch – und zwar kräftig.
Er hat allen vornehmen Sitten getrotzt
und alles zurück auf den Teller gekotzt,

woraufhin auch Hera im Sessel sich wiegte,
und ganz akuten Brechdurchfall kriegte.

Die Götter begannen nun lautes Gezeter
und schleppten zum Hades den frevelnden Täter.
Dort wurde er erst mal höllisch verprügelt
und dann in Zellen voll Leichen verriegelt.

Dann fragte Apoll, da ohne Mitleid er,
„Was machen wir mit dem Schweinehund weiter?"
Da scholl es aus allen göttlichen Kehlen,
man sollte den Tantalus ordentlich quälen.

Er wurde gefesselt an einen Pfahl,
man schor ihm Kopf und Unterleib kahl.
Er stand bis zum Hals in sprudelnden Teichen,
doch wollte er trinken – gab Hades ein Zeichen,

die Flüssigkeit sank – wenn er sich wollt bücken,
das köstliche Naß war nicht zu erblicken,
drum kam seine dürstende Zunge alsdann
nicht an das rettende Quellwasser ran.

Das Wasserlassen – nach unten – war möglich,
das Saufen – oben – ging nicht. Wie kläglich!
Am Fuß saßen glitschig vom Wasser die Socken,
doch die Lippen lechzten, krustig und trocken.
Obgleich ihm ganz naß war unten die Hose
schaffte der Unterleib nicht – die Osmose.

Und so steht der Tantalus ganz ohne Frage
durstig herum bis zum heutigen Tage.
Ich finde das besser – mit Recht und mit Fug –
als unseren „offenen Strafvollzug".
Aus Griechischen Sagen könnt' man viel lernen,
besonders die Richter, die ultramodernen.

Der Trojanische Krieg

Einst rannte durchnäßt vom Strom seiner Träne
Menelaos schnurstracks ins düstre Mykene
und rief Agamemnon ins Löwentor laut:
„Man hat mir Helena, mein Weibsstück, geklaut!
Der Paris, der Mistkerl ist mit ihr gefloh'n –
ich verlange sofort meine Satisfaktion!
Ihr tapferen Krieger, verhelft mir zum Glück
und holt meine Gattin aus Troja zurück!"

Der Agamemnon las grade die Zeitung,
deshalb war bei ihm sehr lang noch die Leitung.
Doch dann sprang er auf und schrie vor Empörung:
„Trojaner sorgen doch immer für Störung.
Erst sind sie Rivalen als Handelsbetreiber,
jetzt klauen sie obendrein unsre Weiber!"

Er sammelte gleich seine tapfersten Recken,
selbst jene, die beischliefen, tat er grob wecken.
Odysseus, Patroklos, Papandreou, Achill,
sie alle bezeugten jubelnd – Goodwill.

Aus Pylos kam zornig der alte Herr Nestor,
der in Mykene ein guter Investor.
Man trank sehr viel Met und wurde schnell schlüssig,
entschied sich für Krieg, auch Ajax war flüssig!

Das Heer brach auf mit schwersten Haubitzen,
in U-Booten hockend, auf Schleudersitzen,
mit Bumerangs, Heulbojen, Feuerwerkskörpern,
mit Hammerwerfern und wüsten Berserkern.

Es segelten unter korinthischer Flagge
auch Büchsenöffner, um Panzer zu knacken.
Aus Kretas Hotels strömten viele Touristen,
Neckermänner – und sonstige Christen,

sie schleuderten Zahnstocher wild und verwegen
und drohten, Troja in Asche zu legen.

Baskische Freischärler nahten behende –
Faustkeile hingen vor ihrer Lende –
mit Dreschmaschinen und Luftlande-Schlitten,
und Gebirgsmarine – auf Eseln beritten.

Nun begann, was Homer uns trefflich berichtet:
der Trojanische Krieg, als Epos gedichtet,
von Schliemann dann später beim Graben gefunden,
in Regale gestellt, schweinsledern gebunden.
Hört, was der Dichter, der chronisch verschleimte,
nahe bei Ephesos blindlinks so reimte:

Überall klirrten im Lande die Schwerter,
Gulaschkanonen war'n immer begehrter;
Rammböcke rammten in bröselnde Breschen,
und die Flegel begannen entfesselt zu dreschen;
Pfeilhagel regneten zischend vom Himmel,
Blutkuchen spritzten im wilden Getümmel,
Pechnasen gossen Rotz auf die Freunde,
siedendes Teer hingegen auf Feinde.

Wütend wogten die stampfenden Leiber
während durchs Fernglas zusah'n die Weiber.
Doch Troja war ziemlich solide ummauert,
zehn Jahre hat drum die Belag'rung gedauert.
Seltsame Dinge wahrlich geschahen,
was nun die gruselnden Heere da sahen:

Hektor rannte mit blitzender Waffe
rund um die Stadt, wie'n vergifteter Affe,
bis ihm Achill mit finstren Gewalten
das Harnrohr gepfählt und den Schädel gespalten.
Dann schleiften sie ihn auf gräßliche Weise
mehrfach um Trojas Mauern im Kreise,

bis Papa Priamos in seinem Fort
erst den Verstand, dann die Nerven verlor.

Helena selbst hat sich meist nur gesonnt
in Hollywood-Schaukeln, abseits der Front.
Sie litt – was ich beiläufig gerne erwähne –
an Reizleitungsstörung und schwerer Migräne
und trug, weil die Zähne verstümmelt von Löchern,
schicke Prothesen, blitzend und blechern.

Der Paris hingegen, vom dauernden Kämpfen
litt unter Kopfläusen, Durchfall und Krämpfen.
Achill hatte ihm, weil schlau und gerissen,
nach heftigem Zweikampf – das Glied abgebissen.
Das ist etwas peinlich, grad für den Mann,
doch die Götter nähten es gleich wieder an!

Odysseus ritt – was ganz unerhört –
durchs geschlossene Tor, auf hölzernem Pferd.
Dann stieg er ab, aus dem Steig seiner Bügel,
und öffnete leise von innen die Riegel.
So nahte für Troja, kurz und horrende,
nach langem Gemetzel – das bittere Ende.

Die Griechen stürmten die brennende Stadt
und machten Paläste und Tempel all platt.
Pioniere sprengten Trojas Kloaken,
draus flüchteten jammernd die Kakerlaken,
und Tellerminen in Küchenschränken
vernichteten Flaschen mit harten Getränken.
Man schlitzte den Bauch auf, besonders den Prinzen,
durchsuchte den Darm nach Aktien und Münzen.

Als Souvenir nahmen die Griechen von hinnen
die schönsten und nettesten Trojerinnen,
forderten Wollust und Hingabe leiblich
von reizenden Körpern, zärtlich und weiblich.

Sie nahmen die Damen mit sich nach Hause,
wuschen sie gründlich unter der Brause,
hielten sie sodann (im Plötz nachzulesen)
in ihrem Haushalt als intime Masseusen,
was die mykenischen Frauen – bis heute –
verwunderte und – nicht gerade erfreute.
Denn unser Europa (ich weiß, ma chérie!)
frönt ja bekanntlich der Monogamie.

Das alles geriet uns beinah ins Vergessen,
wäre Herr Schliemann nicht derart besessen.
Er hat in den Hügeln nach heftigem Schaben
Kannen und Teller und Gold ausgegraben.
Vielleicht erwarb er – was leicht schizophren –
auch Schmuckstücke auf dem Flohmarkt Athen
und hat dann behauptet, er hätte korrekt
den Goldschatz des Priamos schürfend entdeckt.
Die Wissenschaft ist sich nicht einig darüber,
der Stand der Forschung bisher noch ein trüber.

Und machst Du nach Troja heute Abstecher,
dann schaust Du auf Schutt – und sehr tiefe Löcher.
Laokoon züchtet dort heute Gemüse,
Kassandra spricht türkisch, akzentfrei – präzise.
Der Paris ist nach Paris umgezogen
und handelt dort heimlich mit Pfeffer und Drogen.

Doch jener Schatz kam auf Eisenbahn-Schienen
bis nach Berlin, in Museumsvitrinen,
wo es die Russen ohn' unser Wissen
bei Kriegsende unter den Nagel sich rissen.

Viel Zeit ist seitdem mit Suchen verflossen.
Der Krempel war gut vom Kreml verschlossen.
Es war sehr preiswert für Stalin und Erben,
Beutekunst von Trojanern zu erben!

So dreht sich die Welt ganz langsam und leise
auf vielerlei Weise – weiter im Kreise.
Und die Erfinder der Griechischen Mythen
konnten **dies Machwerk** nicht mehr verhüten!